KB077255

해빌리지 살렘교회
마을목회 이야기

주님이
부르시는
그날까지

해빌리지살렘교회,
북부노인주간보호센터
해빌리지융합치유연구소

해빌리지융합치유연구소

주님이 부르시는 그날까지
–해빌리지 살렘교회 마을목회 이야기
김동문 지음

초판 발행 2022년 01월 25일
초판 인쇄 2022년 01월 30일

지은이 김동문
펴낸이 신현운
펴낸곳 연인M&B
기 획 여인화
디자인 이희정
마케팅 박한동
홍 보 정연순
등 록 2000년 3월 7일 제2-3037호
주 소 05056 서울특별시 광진구 자양로 73(자양동 628-25) 동원빌딩 5층 601호
전 화 (02)455-3987 팩스(02)3437-5975
홈주소 www.yeoninmb.co.kr
이메일 yeonin7@hanmail.net

값 15,000원

ⓒ 김동문 2022 Printed in Korea

ISBN 978-89-6253-525-9 03810

주님이
부르시는
그날까지

김동문 지음

동네 사람을 위한 동네교회
† 해빌리지살렘교회
북부노인주간보호센터
해빌리지융합치유연구소

해빌리지융합치유연구소

연인M&B

해 빌 리 지 살 렘 교 회 마 을 목 회 이 야 기

전대미문의 코로나19 재앙으로 인해 우리 사회뿐만 아니라 한국 교
회도 큰 위기에 봉착해 있습니다. 그런데 김동문 목사는 "지금은 한국
교회의 위기가 아니라 기회이다!"라고 외칩니다. 해빌리지 살렘교회의
마을목회 이야기를 읽고 보니 그렇게 외치는 이유를 알 수 있었습니다.

개척교회가 자립을 하는 사례는 극히 찾아보기 힘들고, 게다가 자립
을 넘어 지원하는 교회가 되는 사례는 더더욱 찾아보기 힘든 것이 현실
입니다. 더구나 현재는 교회의 운영난을 이기지 못해 사라지는 교회도
점차 증가하고 있습니다. 그런데 미자립 개척교회였던 해빌리지 살렘
교회가 자립을 넘어 지원하는 교회에 이르게 되었다고 합니다.

해빌리지 살렘교회는 우리 교단에 속한 교회이며, 김동문 목사는 우리
교단의 직영 신학교인 총신대학교 신학과 출신입니다. 이 교회가 이제
교회 설립 25주년을 맞이하여 25년간의 마을목회 이야기가 '주님이
부르실 그날까지'라는 제목으로 나왔습니다.

해빌리지 살렘교회는 작년부터 김동문 목사가 은퇴할 때까지 총신대
신학과 학생들의 목회적 역량강화를 위해 매년 600만 원씩 향후 12년

간 지원해 주기로 하였습니다. 한국 교회에서 유례를 찾아보기 어려운 독특한 장학사업이라서 해빌리지 살렘교회가 어떤 교회인지 궁금하던 중 마침 25년의 사역 이야기를 출간한다고 해서 읽어 보았습니다.

살 아시나시피 우리 교단은 매우 보수적인 교회이고, 우리 학교 역시 보수신학의 전통을 이어 가고 있습니다. 그런데 해빌리지 살렘교회 이야기를 읽으면서 김동문 목사가 과연 우리 교단 목사, 총신대학교 신학과 출신이 맞나 하는 생각이 들 정도로 그의 사역은 도전적이었고 창의적이었습니다.

더욱 귀한 것은 진보적인 사역 때문에 보수신학을 버린 것이 아니라 보수신학의 토대 위에서 방향성과 지속성과 일관성을 가지고 교회와 사회의 경계를 자유롭게 넘나들면서 하나님 나라의 지경을 넓혀 왔습니다. 사역에 특별은총과 일반은총을 잘 조화시켜 왔습니다. 그 모든 사역에 '성육신'과 '자기 비움'의 정신이 깊이 스며 있다는 것을 알 수 있었습니다.

해빌리지 살렘교회는 국가가 제도화시키기도 전에 먼저 지역사회의 필요에 따라 사회적 약자들을 품는 사역을 하고, 나아가 교회가 있는 지역사회 전체를 목양지로 삼고 시민 전체를 성도 삼아 한 도시의 사회 복지와 문화예술 발전의 견인차 역할을 해 왔습니다. 또 소형 교회임에도 불구하고 선교사업을 많이 하고 있는 것이 놀랍습니다.

김동문 목사는 해빌리지 살렘교회의 마을목회 이야기가 현재 한국 교회를 이끌어 가고 있는 목회자들과 현재의 한국 교회를 이어받게 될 후배 목회자들과 신학생들, 그리고 한국 교회의 성도들과 나누고 싶다고 하였습니다. 과연 이 책은 그럴 가치가 충분히 있으며, 한국 교회에 많은 도전과 시너지 효과를 줄 수 있을 것으로 보입니다.

나는 우리 교단과 학교 선배의 한 사람으로서, 총신대학교 총장으로서 해빌리지 살렘교회와 김동문 목사가 참으로 자랑스럽습니다. 그리고 한국 교회에 해빌리지 살렘교회 같은 교회들이 점점 많아지기를 간절히 바랍니다.

2022년 새해
총신대학교 총장
이재서

오늘날 목회자들뿐만 아니라, 세상 사람들도 한국 교회가 위기라고 말합니다. 그런데 제가 교회를 개척했던 1997년에도 사람들은 한국 교회의 위기를 말했고, '지금은 교회가 포화 상태이기 때문에 더 이상 교회를 개척하는 시대가 아니다.'라고 했습니다. 하지만 저는 1997년에 전도사 신분으로 살렘교회를 개척하여 현재에 이르고 있습니다.

개척 당시 결혼 1년차 신혼부부였던 저희는 서울 변방 남양주시의 외진 동네에 교회를 설립하여 정말 청춘을 불살랐습니다. 감사하게도 하나님은 그 열정을 헛되게 하지 않으시고 하나님 나라 실현에 의미 있는 열매들을 맺게 하셨습니다. 개척교회의 절실한 소원인 자립하는 교회가 되었고, 자립을 넘어 국내와 해외 선교 현장을 지원하는 교회가 되었고, 지역사회의 공공 영역과 민간 영역에 작게나마 선한 영향을 미치는 교회가 되었습니다.

하나님 나라 확장의 의미를 교회의 양적인 성장에 두면 분명히 저는 실패했고 실패하고 있는 목사입니다. 하지만, 하나님 나라 확장을 지역사회에 미치는 영향력의 확대에 두면 우리 교회 이야기를 한국 교회와 좀 나누어도 되지 않겠나 싶어 용기를 내어 해빌리지 살렘교회의 25년의 세월이 녹아 있는 사역 이야기를 집필하게 되었습니다.

제가 1989년부터 1993년까지 총신대학 신학과 재학 중일 때는 소위 한국 교회 복음주의 4인방이라고 일컬어지는 고 옥한흠 목사님, 고 하용조 목사님, 홍정길 목사님, 이동원 목사님이 젊은 신학생들과 젊은 목회자들의 모델이었습니다. 신대원을 졸업할 무렵에는 새들백교회(Saddleback Church)의 릭 워렌(Rick. D. Warren) 목사님이 또 그렇게 신학교와 한국 교회의 모델이 되었습니다. 그러다가 여러 해 전부터 리디머교회(Redeemer Church)의 팀 켈러(Timothy J. Keller) 목사님이 또 그렇게 한국 교회의 목회자들과 신학생들의 모델이 되어 있습니다.

이제 팀 켈러 열풍이 자지러지고 나면 또 누가 신학생들과 목사들의 롤 모델이 될까요? 새롭게 등장한 스타를 놓고 또 얼마나 많은 세미나가 개최될까요? 아, 요즘은 목회자들, 특히 젊은 목회자들 사이에 '마을목회'와 '일하는 목사'가 새로운 화제로 부상하고 있는 것 같습니다.

외람되지만, 저는 다른 사람을 모델로 삼기보다는 내가 받은 소명과 하나님께서 내게 주신 은사로 내가 하고 싶은 사역과 지역사회가 필요로 하는 것에 집중을 하였습니다. 이것은 내가 교만해서라기보다는 교회 개척 당시 내가 생각하는 교회에 대한 모델을 찾기가 힘들었기 때문입니다. 한국 교회의 개혁을 바라는 그룹의 세미나나 수양회도 참여해 보았지만 내가 생각하는 교회 모델을 찾지 못했습니다. 또, 개척교회를 운영해 나가다 보니 이 세미나 저 세미나를 찾아다닐 여유도 없었습니다. 결과적으로, 나 자신이 모델을 만들어 가는 사역을 해 왔습니다. 그렇게 25년의 세월이 흐르는 사이에 어느 정도 한국 교회와 사회를 바라보는 안목과 통찰력이 생겼습니다.

저는 목사요, 사회복지사요, 음악치료사로서 교회 안과 밖의 경계를 자유롭게 넘나들면서 사역하는 중에 깨달은 것이 있습니다. 사람들은 너 나 할 것 없이 한국 교회의 위기를 말하는데, 저는 도리어 현재와 미래 사회는 한국 교회의 기회라고 생각을 합니다. 여전히 '꿩 잡는 게 매', '모로 가도 서울만 가면 된다'는 식의 수단과 방법을 가리지 않고 양적 성장에만 매달린다면 하나님으로부터도, 세상으로부터도 외면을 받을 수 있지만, 주님의 성육신과 자기 비움의 마인드를 가지고 세상 속으로 들어가면 분명 하나님으로부터 세상으로부터 환영받는 교회가 될 수 있다고 생각합니다. 그러기 위해서는 교회 지도자들과 신학교 교수들과 목사후보생들의 발상의 전환이 꼭 필요한 것 같습니다.

우리 교회 이야기를 쓰면서 주로 저의 사역 이야기를 많이 쓰게 되어 고민이 되었습니다. 문장의 주어가 우리 교회가 되게 하려고 많은 애를 써 보았습니다만 도리어 어색하게 되더군요. 그래서 할 수 없이 책의 내용 중 상당 부분이 저의 사역이 중심이 된 일인칭 기법으로 쓰여졌습니다. 그러면서 하게 된 고민이 자칫 저의 영웅담이 될 가능성이 농후하다는 것입니다.

그렇게 고민을 하는 중에 이런 생각이 들었습니다. 소형 교회는 기본적으로 목사 중심으로 사역이 이루어질 수밖에 없다는 것입니다. 우리 교회는 25년째 소형 교회입니다. 그런데 많은 사역을 하고 있고, 그 사역의 중심에 제가 서 있을 수밖에 없습니다. 한편, 제가 멀티테이너(multitainer)와 같은 사역을 할 수 있었던 것은 비록 우리 교회 성도들은 수적으로는 적지만, 저의 사역을 전폭적으로 지지하고 지원해 주고 있기 때문입니다. 그런 점에서 이 책은 어쩔 수 없이 저의 사역 이야기가 주를 이룰 수밖에 없지만, 우리 교회 이야기는 결국 우리 성도들의 이야기요, 우리 교회 이야기요, 궁극적으로는 주님의 이야기라고 생각합니다.

저는 이 책에서 때로는 일인칭시점으로 때로는 삼인칭시점으로 때로는 전지적작가시점을 가지고 서울 변방도시에 세워진 작은 동네 교회가 어떻게 생존의 몸부림을 쳐 왔고, 어떻게 생존을 넘어 지역사회에서는 물론이고 세계선교 현장에까지 선한 영향을 미칠 수 있기까지 현재진행형으로 자라고 있는지를, 그 와중에 겪은 기쁨과 보람, 슬픔과 아픔을 덤덤하게 기록하였습니다.

제가 개척 25주년이 되어 우리 교회 이야기를 써야겠다는 생각을 하

11

게 된 이유가 있습니다. 첫째는 해빌리지 살렘교회 담임목사로서, 우리 교회의 25년 역사를 반추해 봄으로써 다음 단계로 도약하고 발전할 수 있는 동력을 얻기 위한 것입니다. 둘째는 저는 남이 가지 않는 목회의 길을 걸어 나름대로 유의미한 목회적 열매를 맺었다고 생각하고, 그 과정이 한국 교회와 어려운 시대에 목회적 돌파구를 찾는 목회자들과 목회의 길을 가게 될 후배 목회자들과 목회를 꿈꾸는 신학생들에게 조금의 도움이 되지 않을까 싶어서입니다.

위기의 시대를 기회로 여기고 희망의 공을 쏘아 올리기를 원하는 목회자들, 특히 개척의 현장에서 고군분투하거나 개척을 준비 중인 후배 목사들에게, 불타는 열정으로 미래 목회를 준비하는 신학생들에게 이 책이 조금이라도 도움이 되기를 간절히 소원합니다.

개척 후 25년의 세월이 흐를 동안, 저는 안식년이나 안식월조차 없이 달려오느라 너무 힘들었습니다. 실패와 좌절 속에 메뚜기 콤플렉스와 엘리야 콤플렉스에 빠져 무기력하고 우울한 나날을 보내기도 했습니다. 그렇지만, 결국 저는 하나님의 은혜로 여호수아와 갈렙처럼 영적 가나안 땅을 취하러 지역사회 속으로 들어갔고, 엘리야처럼 일어나 가야 할 길을 달려왔습니다. 아직 나의 달리기는 끝나지 않았습니다. 나는 계속해서 달려야 합니다. 주님이 부르시는 그날까지 달려야 하는 것이 나의 사명이기에!

하이데거의 말처럼 저는 세상에 홀로 던져진 가련한 존재였습니다. 하나님은 그런 나를 부르사 주의 종의 길을 가게 하시되, 시와 때를 따라 까마귀를 보내 주셨습니다. 그리고 사당동 선지동산에서의 7년간의 신학 수업을 받을 동안 훌륭한 교수님들께서 많은 가르침을 주셨습니다. 이분들은 오늘의 나와 해빌리지 살렘교회를 있게 하신 분들입니다. 진심으로 감사합니다. 그리고 중서울노회는 오늘의 우리 교회가 있도록 물심양면으로 지원해 주시고 기도해 주셨습니다. 진심으로 감사합니다.

마지막으로, 나와 함께 생사고락을 같이하면서 나보다 더 많은 짐을 지고 가는 나의 아내 신광숙 사모와 제가 뭘 한다고 해도 지지해 주고, 지원해 주고, 협력해 주는 해빌리지 살렘교회 교우들께 감사를 드립니다.

오직 성경(Sola Scriptura)

오직 그리스도(Solus Christus)

오직 은혜(Sola Gratia)

오직 믿음(Sola Fide)

오직 하나님께만 영광(Soli Deo Gloria)!

2021년 12월

천마산 자락 아래 해빌리지 살렘교회 서재에서

허당(虛堂) 김동문 목사

| 차례 |

제1장
해빌리지 살렘교회 훑어보기

해빌리지 살렘교회의 '해빌리지(havillage)'는 영어 happy와 village의 합성어로서 '행복한 마을'을 의미한다. 이 이름에는 우리 교회가 지향하는 가치를 담고 있다. 해빌리지 살렘교회는 기독교세계관에 따라 '하나님과 통하고 사람과 통하며 세상과 통하는 교회'와 '동네 안에 있어 동네 사람을 위한 동네 교회'를 핵심 가치로 삼고 있다.

교회의 설립 목적은 에베소서 4장 11-16절 말씀을 따라 '그리스도의 몸으로 자라가는 교회'를 만들기 위해서이며, 목회 철학은 데살로니가전서 1장 3절 말씀을 따라 믿음으로 역사하고 사랑으로 수고하며 소망으로 인내하는 교회가 되는 것이다.

봄 가을로 이웃들과 함께 교회 정원에서 가든파티를 하는 모습.
우리는 우리 교회가 있어 동네가 안전하고, 평안하고, 행복해지기를 원한다.

1. 3대가 함께 어우러지는 공동체적 교회

3대가 함께 어우러지는 공동체적 교회는 생소한 용어가 아니다. 이미 오래전부터 목회자들과 신학생들 사이에 성경적 교회의 한 모습으로 논의되어 왔다. 그러나 실제 목회 현장에서 잘 이루어지지 않는데, 가장 큰 이유는 소위 교회의 양적 성장에 별로 도움이 되지 않기 때문이다.

내가 3대가 함께 예배드리는 목회를 해 오면서 느끼는 것은 어느 세대도 만족시켜 주지 못한다는 것이다. 실제로 내 아이가 예배 시간에 주의산만한 행동을 하면 성격이 좋고 명랑해서 그렇다고 생각하면서 남의 아이가 예배 시간에 주의산만하게 행동하면 곱게 보아 주지 못하는 것이 현실이다. 공동체적 교회에 대한 이상과 현실의 괴리는 가장 바람직한 교회의 모습이지만 교회의 양적 성장에 큰 걸림돌이 되고, 그러다 보면 교회의 존립조차 위태로워진다는 것이다. 실제로 3대가 함께 예배를 드려서 크게 부흥한 교회는 없는 것으로 알고 있다.

나는 목회 철학에 따라 개척 때부터 3대가 함께 예배드리는 교회를 추구해 왔는데, 교인들 수가 점차 늘어나면서 주일학교를 운영하기도 했었지만, 인적, 물적 자원의 한계로 유지할 수가 없었다. 무엇보다 어린이들의 감소로 주일학교 운영을 할 수 없었다. 그래서 결국 원래의 목회 철학대로 3대가 함께 드리는 예배공동체를 추구하게 되었다.

다행스럽게도 우리 교회는 헌금 외 재정수입이 있었기 때문에 교회의 생존 문제에는 비교적 자유로울 수 있었고, 그래서 양적 성장에 구애받지 않고 3대가 함께 예배를 드리는 예배공동체를 추구할 수 있었다. 오전에는 비교적 전통적 형식의 예배를 드리고, 오후에는 3대가 함께할 수 있는 다양한 콘텐츠를 가진 집회를 하고 있다. 또 계절마다 한 차례씩 주일 오후에 자연 속으로 소풍을 가며, 연 1, 2회 교회 정원에서 해빌리지 가든파티를 진행하고 있는데, 모든 예배와 친교와 행사는 3대가 함께 참여하고 있다. 그런 점에서 우리 교회는 공동체적 교회라고 할 수 있다.

예배에서부터 친교에 이르기까지
우리 교회는 모든 것을 3대가 함께한다.

2. 지역사회 안에서 하나님 나라 실현

나는 기독교세계관에 따라 우리 교회가 세워져 있는 지역사회 전체를 우리 교회라고 생각하고, 또 지역주민 전체를 우리 교회 성도들이라고 생각하며 목회를 해 왔다. 나는 그런 관점을 가지고 교회 안과 교회 밖의 경계를 넘나들며 복음에 사회복지와 문화예술의 옷을 입혀서 하나님 나라 확장을 시도하고 있다.

실제로 나는 남양주시의 민관협의체 및 민간조직의 회장 혹은 위원장 직을 맡아 남양주시 전역에 영향을 미치는 복지정책 수립과 시행에 앞장서 왔다. 또한, 지역사회에 있는 자연자원을 매개로 하여 종교여부, 남녀노소 상관없이 주민들이 함께 어우러지는 문화마당이라든가 축제를 개최하는 일에 앞장을 서 오면서 지역사회를 행복한 공동체로 만들기 위한 노력을 해 왔다. 그 공로로 남양주시장 표창, 경기도지사 표창, 보건복지부장관 표창 2회, 남양주시 시민대상을 수상하기도 하였다.

뿐만 아니라, 우리 교회는 국가에서 제도를 만들어 시행하기도 전인 교회 설립 첫 해부터 지역사회의 아동들을 위해 무료 공부방을 운영하였고, 노인문제가 점점 사회문제가 되기 시작할 무렵 국가가 노인장기요양보험제도를 시행하기 전부터 우리 교회는 지역사회의 노인들을 위한 케어 프로그램을 운영했었다.

이렇게 우리 교회는 국가가 아동들과 치매 어르신들을 위한 돌봄사업을 시작하기도 전에 지역사회가 필요로 하는 복지 사역을 한 연유로 공중파 방송과 케이블방송, 신문지상 등에 좋은 사례로 소개되기도 했고, 목사로서는 드물게 보건복지부장관 표창을 2회나 수상하기도 하고 시민대상을 받기도 했다. 결과적으로 우리 교회는 서울 변방 도시의 산 밑 작은 교회지만, 교회가 있는 지역사회에만 영향을 미친 것이 아니라 국가의 정책에도 영향을 미친 셈이 되었다고 할 수 있다.

적어도 남양주시에 관한 한, 우리 교회에서 시작된 지역아동센터는 관련법과 제도가 만들어지면서 지역사회 곳곳에 생기기 시작했고, 치매 어르신 돌봄사업 역시 관련법과 제도가 만들어지면서 지역사회 곳곳에 시설이 생겼다. 즉, 우리 교회는 길을 만들어 가는 교회였고, 지역사회 안의 다른 교회들이나 이웃주민들에게 길을 열어 주는 역할을 해 왔다. 아동복지사업이나 노인복지사업에 진입하는 교회나 주민들은 우리 교회를 많이 의지하였고 우리는 아낌없이 시설 운영과 관련

된 행정지식과 운영 노하우를 전수해 주면서 함께 길을 걸을 수 있게 도와주었다.

뿐만 아니라, 문화예술 관련 분야에 있어서도 지역사회에 문화예술을 활성화시키는 일에도 선구적 역할을 해 왔다. 교회 개척 때부터 지역사회의 주민들과 아동청소년들을 위해 컴퓨터 강좌와 악기 강좌를 열었고, 노천극장 프로그램도 운영했다. 나중에는 지역사회의 문화예술단체 연합회를 결성하여 문화예술이라는 콘텐츠를 가지고 지역사회를 섬겼다. 그런 활동들을 쉬지 않고 하다 보니 지역사회의 리더들은 지역축제를 개최할 때도 우리 교회의 도움을 필요로 했고, 이를 위해 앞장 선 나에게 남양주시는 시민들의 추천을 받아 시민대상을 수여해 주었다.

이런 점에서 우리 교회는 지역사회에서 오피니언 리더 역할을 하면서 지역사회에 선한 영향력을 행사하는 교회라고 할 수 있다. 기독교 세계관의 관점에서 볼 때, 우리 교회는 감히 교회가 서 있는 지역사회를 하나님 나라로 실현해 가고 있는 교회라고 할 수 있다.

음악치료 접근법을 적용하여 지역축제에서 부모와 자녀가 함께할 수 있는
웰니스 뮤직테라피 프로그램을 통해 동네를 행복하게 하는 우리 교회.

3. 선교의 새 지평을 열어 가는 교회

현재 우리나라에서 개척교회가 자립 교회로 성장하는 비율은 거의 미미한 수준이고, 자립을 하고 지역사회에 영향을 끼치는 것을 넘어 아시아와 아프리카에 좋은 영향을 끼치는 것은 정말 유례를 찾아보기 힘든 사례이지 않을까 싶다.

우리 교회는 10여 년 전부터 아시아선교회 회원교회이며, 나는 아시아선교신학교 교수이다. 일 년에 한 차례씩 한 주간 동안 캄보디아를 방문하여 현지 교회 지도자들에게 [교회와 지역사회]라는 주제로 강의를 하면서 지역사회 안에서 교회의 존재 의의와 역할, 그리고 목회 실천 사례들을 나누어 왔다. 또한 우리 교회는 필리핀 두마게테의 한 티아논(Jantianon) 교회가 운영하는 공부방을 지원하며 사랑의 집 지어 주기 운동에 참여해 왔고, 아프리카 우간다의 노인복지사업과 현지 신학생 지원사업과 청소년 미혼모 지원사업에 참여하고 있다.

우리 교회는 개척 초기부터 부활절 헌금과 성탄절 헌금은 구제와 선교비로 사용한다는 원칙을 세워 실천을 해 오고 있다. 초창기에는 비록 작은 금액이지만 절기헌금을 지역사회 안에 있는 장애인복지시설을 지원하는데 사용하였고, 10여 년 전부터는 선교사님들이 선교 현장에서 현지 원주민들을 위한 구체적 선교사업을 할 때 지원하고 있다.

필리핀의 경우, 두마게테 섬에서 사역하는 선교사님이 원주민들을 위한 사랑의 집 지어 주기 운동을 펼치고 있는데, 성도들이 하나님께 드린 절기헌금으로 해마다 한두 채씩 지어 주고 있다. 성도들은 자신들이 바친 헌금이 그렇게 선교 현장의 가난한 주민들의 집을 지어 주는 데 사용되는 것에 대하여 매우 기뻐하며 자랑스러워하고 있다.

여기에 그치지 않고 우리 가족은 현지로 음악치료 선교를 갔었다. 작곡을 하는 아들은 현지 교회를 위한 음악을 만들고 현지의 교회학교 학생들은 그 곡에 교회와 자신들의 소망을 담은 가사를 써서 부르고, 오보에를 전공하는 딸은 연주를 해 주고, 음악치료를 전공한 나는 현지 교회의 모든 구성원들과 함께 찬양을 하며 연주를 하면서 현지 교회 성도들을 위로하고 격려하였다.

아프리카 우간다의 경우, 현지 선교사님을 통해 쉬마주(州) 도지사와 국회의원과 연결되었고, 우리 부부는 우간다 현지로 가서 우리 교회가 운영하고 있는 노인주간보호센터를 소개하고 운영 노하우를 전수해 주었다. 그들은 매우 감사해하며 몇 달 뒤 노인들을 위한 데이케어 사업을 시행하였다. 우리 교회는 매월 소정의 운영비를 지원하고 있을 뿐만 아니라 현지인들로 구성된 노인케어 전문가 양성에도 관심을 기울이고 있다. 그러자 우간다 정부도 이 사업의 중요성을 인식하여 국가정책화를 시도하고 있다.

이 사례는 선교사님들이 닦아 놓은 선교의 터전에 그들이 필요로 하는 사회복지라는 전문성을 가지고 접근했을 때, 매우 놀라운 선교효과를 발생시킬 수 있음을 보여 주고 있다. 즉, 우리 교회는 산 밑의 작은 교회지만 아시아를 넘어 아프리카에까지 선한 영향력을 미치고 있는 작지만 강한 교회라고 할 수 있는 것이다.

우리 교회는 아프리카 우간다와 동남아시아 캄보디아, 필리핀,
그리고 인도 선교에 참여를 하고 있으며,
우간다에는 노인복지와 청소년복지 노하우를
전수해 주고 운영을 지원하고 있다.

4. 해빌리지 살렘교회, 또 하나의 아둘람 굴

    교회 설립 후 25년의 세월이 흐르는 동안 우리 교회가 운영했던 공부방에 돌봄이 필요한 동네 아이들이 많이 드나들었고, 중고등학생들도 많이 드나들었다. 부모의 피치 못할 사정으로 일반가정의 아이들과 같은 양육을 받을 형편이 되지 못하거나 경제적 사정이 여의치 못한 가정의 자녀들이 우리 교회가 운영하는 공부방을 많이 이용했다.

    국가에서 공부방 관련법이 제정되어 예산이 지원되기 전에도 아이들을 케어해 주었고, 국가 예산이 지원되기 시작한 이후부터는 한마디로 토탈 서비스를 제공할 수 있었다. 청소년들의 경우, 타종교재단이 운영하는 중고등학교에 다녀야 하는 나머지 기독학생 동아리 모임을 교내에서 할 수 없어서 우리 교회가 장소를 제공해 주어 등교 전이나 주일 오후에 지역학생연합 찬양집회 형식으로 모이거나 방과후 동아리 활동 등을 할 수 있도록 지원해 주었다.

교회 설립 후 10년이 되었을 때부터는 지역사회에서 처음으로 치매와 뇌졸중 및 노인성 질환으로 일상생활 영위가 힘드신 어르신들을 위해 노인주간보호센터를 운영하였다. 그 후 지금까지 동네의 어르신들이 연중무휴로 우리 교회가 운영하는 센터를 이용하시면서 돌봄을 받으시고 있다. 다른 교회에서 장로로, 권사로, 집사로 열심히 섬기셨던 분들도 몸과 마음이 쇠약해지시니 평생을 섬기셨던 교회에서도 감당을 못하여 우리 교회가 운영하는 센터를 이용하신다. 센터에서는 정말 어르신들이 전문성이 있는 직원들로부터 집에서는 상상도 할 수 없을 수준의 영적 육체적 정서적 돌봄 서비스를 받고 계신다.

교회 안에서는 그렇게 사시사철 지역사회의 약자들을 돌보는 사역을 하고 있다. 교회 밖으로는 지역사회의 발달장애 아동들이나 학업 중도탈락위기 청소년들, 다양한 진단명을 가진 환자들, 동네에 있는 군부대의 장병들, 서울역 주변 노숙인 등 사회적 약자들에게 음악치료 프로그램을 제공해 오고 있다. 그런 점에서 해빌리지 살렘교회는 또 하나의 아둘람 굴과 같은 교회라고 할 수 있다.

우리 교회는 지역사회의 사회적 약자를 품는 교회로서
또 하나의 아둘람 굴이다.

5. 상생을 추구하는 교회

우리 교회는 사회복지 기관을 운영하고 있기 때문에 늘 직원을 필요로 한다. 그래서 지역주민들 중에 소정의 자격을 갖춘 이들에게 일자리를 제공해 주고 있는데, 대부분 장기근속을 하고 있다. 또 우리 교회가 있는 지역사회는 경제적으로 매우 취약한 지역으로서, 창업을 하고 싶으나 경제적인 이유로 창업 공간을 얻을 형편이 되지 못하는 사람들이 많다.

다행히 우리 교회는 경제활동을 할 수 있는 교회 부속 건물이 있어 그런 사람들에게 공간을 무상으로 제공해 주는 프로그램을 운영해 왔다. 어떤 사람은 그 공간에서 사회적 기업을 꿈꾸어 오던 중 예비사회적 기업으로 선정되어 자립의 길을 찾아 나갔고, 그 자리에 교회의 전도사 가정이 교회에서 무상으로 제공한 공간에서 카페를 운영하며 꿈을 키우고 있다.

또 다른 예로, 성도들에게 사회복지를 공부하게 하여 본 교회가 운영하는 사회복지시설에서 근무할 수 있게 해 주었는데 두 가정이 요양기관을 설립하여 독립하였다. 사회복무요원으로 온 청년에게도 사회복지를 공부하게 하여 제대 후 우리 교회의 시설에서 근무하게 하였다가 독립시켰다. 그 외에도 지역주민들이 사회복지사업과 관련하여 컨설팅을 요청하면 기꺼이 응해 줌으로써 함께 성장할 수 있도록 도와주고 있다. 그런 점에서 우리 교회는 지역사회 안에서 상생을 추구하는 교회라고 할 수 있다.

또 하나, 교회의 다음 세대들의 미래를 열어 주기 위한 도전적 프로그램을 진행하고 있다. 교회 부속 건물의 일정 공간을 청년들에게 무상으로 신앙 안에서 사회적 기업 내지는 사회적 협동조합 창업에 도전할 수 있는 장으로 제공하는 것이다. 청년 시절에는 실패와 시행착오의 경험조차 소중한 자산이 되기 때문에 교회의 청년들이 교회 밖에 나가 건강한 직업인으로 성장할 수 있는 경험을 쌓게 하기 위한 창업지원 프로그램을 운영하고 있는 것이다.

지역주민 가운데도 사회적 기업을 운영하려는 사람에겐 교회의 일정 공간을 무상으로 제공하여 사회적 기업으로 독립하게 하기도 하였고, 그 공간은 다시 부교역자인 전도사가 카페를 운영하면서 자립 기반을 마련하게 하기 위해 무상 임대해 주었다. 뿐만 아니라 지역사회의 주민자치위원회에서 교회를 대표하여 활동할 수 있도록 안내를 해 주고, 교회는 지역사회를 섬기는 단체들과 연대와 협력체계를 구축하여 다양한 지역사회 활동을 지원하고 있다.

그런 점에서 해빌리지 살렘교회는 교회의 물리적 측면에서 공간을 주님의 '자기 비움'(케노시스)의 정신을 가지고 공공성을 살려 운영하고 있으며, 복음적으로는 주님의 성육신(인카네이션) 정신을 가지고 복음의 사회화와 문화화를 이루고 있는 교회이며, 존재론적으로는 동네 안에 있어 동네 사람을 위한 동네 교회가 되어 선한 영향력을 행사하는 교회라고 할 수 있으며, 선교적으로는 선교적 교회로서 사회복지와 음악치료의 전문성을 가지고 국내와 해외 현장을 섬기고 있는 복합적이고 다면적인 교회라고 할 수 있다.

우리 교회는 교회의 부속 건물 일부를
공공의 이익을 추구하는 사업체에
무상으로 임대해 주고, 또한 일자리를 창출해 줌으로써
상생을 추구하고 있다.

6. 목사가 받은 달란트를 따라 목회를 하는 교회

책의 내용을 읽다 보면 알게 되겠지만, [해빌리지 살렘교회 이야기]는 [김동문 목사의 사역 이야기]라고도 할 수 있을 것이다. 대형 교회와 달리 소형 교회는 구조적으로 담임목사와 사모가 멀티테이너(multitainer)가 되어야 한다. 그래서 담임목사가 이것저것을 하다 보면 또 목사가 혼자 다 한다는 비판에도 직면하게 된다. 성도에게 역할을 나누어 주면, 믿음의 분량과 현실적인 이유 때문에 맡겨진 역할을 감당하지 못하고, 그래서 상처를 입거나 상처를 주다가 교회를 떠나기도 한다. 소형 교회는 이런 일을 반복적으로 겪게 되다가 목사 부부도 지치고 성도들도 지치는 사례가 많이 있다.

그런데 우리 교회 같은 경우는 이런저런 시행착오를 한 끝에 교회가 담임목사의 은사를 최대한 발휘하여 담임목사가 받은 목회적 사명을 실천할 수 있는 구조를 갖추게 되었다. 우리 교회도 조직교회로서 당회가 있다. 그러나 장로를 비롯하여 성도들은 담임목사인 내가 하고 싶은 목회를 할 수 있도록 적극 지지하고 지원을 하고 있다. 그래서 나는 교회 안과 밖의 경계를 자유로이 넘나들면서 하나님께서 주신 은사를 적절하게 발휘하고 있고, 그러한 활동이 지역사회에 시너지 효과를 많이 발생시키고 있다. 그런 점에서 우리 교회는 목사가 받은 달란트대로 하고 싶어하는 목회를 마음껏 할 수 있는 교회라고 할 수 있다.

목사는 하나님으로부터 부름을 받을 때 사명을 받는다. 만약 목사로서의 목회적 사명이 없다면 그것은 목사 자신에게나 성도들에게 영적 재앙이라고 할 수 있다. 목사가 행복한 목회를 하려면 자신이 받은 사명을 목회 현장에서 실현할 수 있어야 한다. 물론 자신의 사명이 성도들의 영적 욕구를 채워 주는 것이라면, 목사는 자신의 생각도 자신의 은사도 다 내려놓고 오로지 성도들의 영적 필요만 채워 주는 목회를 하고, 그것이 행복한 목회일 수 있다.

그러나 자신이 받은 분명한 사명이 있고, 남과는 다른 자신만의 은사도 있는 사람은 그 받은 사명을 감당하는 목회를 해야 행복하고 자신의 은사를 사명 감당하는데 십분 활용하는 목회를 해야 행복하다고 생각한다. 만약 나 같은 목사가 일반 기성교회에서 담임목회를 한다면, 물론 생존하기 위해 기성교회의 구조에 나를 맞추면서 목회를 했을 수도 있었을 것이다. 그러나 내 받은 바 사명을 감당하지 못하고 내 은사를 십분 발휘하지 못하는 목회를 한다면, 이로 인해 발생하는 내면적 갈등과 고통으로 인해 행복한 목회자가 되지는 못했을 것이다.

　감사하게도 나는 하나님의 은혜로 내가 받은 사명에 따라 내가 하고 싶은 목회를 하기 위해 일찌감치 개척할 용기를 낼 수 있었다. 그리고 그동안 내가 하고 싶은 목회를 해 왔고 이를 위해 하나님께서 내게 선물로 주신 은사들을 맘껏 활용할 수 있었다. 현재도 장로를 비롯한 모든 성도들은 내가 하고 싶은 목회를 할 수 있도록 지지해 주고 지원해 주고 협력하고 있다.

나는 주님으로부터 받은 다양한 달란트를
교회 안과 밖에서 십분 활용하고 있으며,
이때 특별계시와 일반계시의 조화와 균형을 이루려고 노력하고 있다.

제2장
제1기 사역
교회 개척, 그리고 지역사회 품기

교회 개척 1년 후인 1998년 가을 어느 날 아침, 광동중고등학교 기독학생들이
우리 교회에 모여 등교하기 전에 찬양하는 모습.

나는 총신대 신대원을 1996년 2월에 졸업하고 1997년 3월 2일에 전도사 신분으로 경기도 남양주시 진접읍의 허름한 건물을 월세로 얻어 설립예배를 드렸다. 설립예배를 드릴 때는 전임전도사로 섬기던 교회에서 목사님과 성도님들, 나를 주의 종으로 키우시기 위해 아낌없는 지원을 해 주시고 기도해 주셨던 분들이 오셔서 격려를 해 주셨다. 그러나 그다음 주일부터 나는 아내 혼자 앞에 앉혀 두고 예배를 인도해야 했다. 그 상황은 너무도 낯설다 못해 웃음이 나왔다. 그럼에도 불구하고 나도 은혜가 충만하였고 아내도 은혜가 충만하였다. 그러면서 본격적으로 사명 감당을 위한 행보를 시작하였다.

1. SWOT 분석

SWOT 분석은 경영학 용어로써 기업의 강점(Strength), 약점(Weakness), 기회(Opportunity), 위기(Threatness) 요인을 분석하는 것인데, 이를 통해 기업의 강점은 살리고 약점은 보완하며, 기회는 활용하고 위기는 억제하고 해결하는 전략을 마련하여 기업의 발전을 도모한다. 사회복지학에서는 이러한 분석법을 차용하여 사회복지 발전을 모색한다. 교회 개척 당시 나는 이러한 학술적 개념은 알지 못하면서도 우리 교회의 사명을 효과적으로 수행하기 위해 나름대로 분석을 했는데, 일종의 우리 교회를 위한 SWOT 분석을 했었던 것이다.

1) 강점(strength)
• 믿음

우리 부부에게는 외지고 낙후한 곳에 가서 교회를 개척할 정도로 강하고 신실한 믿음을 가지고 있다.

• 건강

나와 아내는 30대 초반과 20대 후반으로써, 신체적으로 건강하다.

• 신학

총신대학교 신학과와 신대원을 다니면서 체계적으로 신학을 공부하였기에 이단 사설에 현혹되지 않을 신학적 토대를 가지고 있다.

• 재능

글쓰기와 컴퓨터 활용능력과 악기를 다룰 줄 아는 인문학적 소양과 문화예술적 재능을 가지고 있다.

• 열정

무엇이든지 시작하면 몸을 사리지 않고 몰입해서 하는 선천적 열정을 가지고 있다.

2) 약점(weakness)

• 인적 인프라 부재

원주민 중심사회의 경향이 강한 지역사회에서 우리 부부는 이방인이며, 사역을 위한 동역자뿐만 아니라 일가친척이라든가 지인이 한 명도 없다.

• 물적 인프라 빈약

주변에 비교적 안정적인 교회들이 있고, 전통과 유서가 깊은 천년 사찰이 있어 불교세가 강한 반면에 상가건물의 작은 공간에 세들어 있는 우리 교회는 너무나 허름하고 협소하다.

• 지역사회에 대한 이해 부족

무연고 지역이기에 지역사회의 특성과 주민들의 정서와 욕구에 대한 이해가 부족하다.

• 경험 부족

신대원 졸업한 이듬해에 개척하였기에 충분한 목회 경험과 훈련 과정이 부족하였기에 목회적 문제가 발생하였을 때 해결할 능력이 부족하다.

• 자원동원 능력 부족

교회를 개척하기 전에 후원자 그룹을 형성하지 못하였기에 교회 유지조차 어려운 상황에서 목회 계획을 실천하기 위한 자원을 동원할 능력이 부족하다.

3) 기회(oppoturnity)

• 비전 실현의 가능성

지역사회의 현실이 서울에 비해 모든 인프라가 부족하고 경제환경이 열악한데, 이 열악한 환경은 도리어 내게 있어 하나님이 주신 사명을 실현할 수 있는 기회이다.

• 나의 이론과 방법론 실천

신학교 시절 교회론과 목회론을 고민하면서 얻은 이론과 방법론을 구체적으로 실천할 수 있는 기회이다. 즉 나의 목회를 할 수 있는 기회이다.

• 선구자

남이 가 보지 않은 길을 갈 수 있고, 남이 해 보지 않은 사역을 할 수 있어 사역의 새로운 지평을 열 수 있는 기회이다.

• 기여

하나님께서 내게 주신 지식과 재능으로 지역사회 발전에 기여를 할 수 있는 교회가 되어 하나님 나라를 위한 선한 영향력을 확대할 수 있는 기회이다.

4) 위기(threaten)
• 자존감과 자기효능감 하락

교회를 개척하고 수개월이 지났는데도 교인이 생기지 않을 뿐더러 교회가 제공하고자 하는 프로그램에 대해 지역주민들이 불신을 하며 호응을 해 주지 않는 데서 오는 자존감과 자기효능감 하락

• 교회 존립의 불투명

교회 존립을 위해 필요한 재정이 조달되지 않고 있다. 아내의 결혼 패물을 모두 팔아 월세를 냈지만, 다음 달엔 대책이 없다.

• 생활고

자녀가 없음에도 불구하고 우리 부부의 기초적인 생활에도 심각한 어려움이 발생하고 있다(설상가상으로, 교회를 개척한 그해에 IMF 사태가 발생했었다).

나는 친구 따라 거름지고 장에 가는 스타일을 제일 싫어한다. 즉, 자기의 가치관이나 철학, 신학이 없이 남이 좋다고 하니까 남이 하니까 덩달아 따라서 가고 덩달아 따라서 하는 것을 제일 싫어한다. 반면에 나를 움직인 것은 내가 처음에 품었던 목회에 대한 생각과 하나님께 울며불며 했었던 서원이었다. 그래서 교회 개척을 했고, 개척한 이후 나 자신과 교회 개척지에 대한 SWOT 분석을 해 본 것이 나에겐 목회 하는 데 있어서 큰 도움이 되었다.

2. 실천하기

1) 방과후 학교 운영

1997년 3월 당시, 우리 교회는 남양주시 진접읍 내각리라는 동네의 허름한 건물 2층에 사택과 성전 포함 60평의 공간을 보증금 1,000만 원에 월 60만 원 월세로 임대하여 있다가 이듬해 진접읍의 중심지라고 할 수 있는 장현리의 작은 상가건물 4층 30여 평을 보증금 2,000만 원에 월 35만 원으로 임대하여 교회를 이전하였다. 우리 부부는 이 좁은 교회당 안에서 주중에 동네 아이들을 위한 공부방을 운영했다. 공부방 사역은 내 목회 사명 중의 하나였으며, 그 당시 우리 부부가 가장 잘 할 수 있는 것이었고, IMF 상황에서 교회가 지역사회를 위해 가장 쉽게 할 수 있는 사역이었다.

당시 지역사회의 많은 교회들 중 어느 교회도 공부방 사역을 하지 않았으며, 아동들이 방과후에 갈 곳이라곤 어린이집이나 학원이 유일했다. 그러나 IMF 상황 하의 지역주민들의 경제가 점점 어려워져 가고 있었기 때문에 아동들이 방과후에 방치되는 경우가 많았다. 그래서 우리 부부는 교회학교 개념의 공부방 사역을 시작했다. 당시 우리나라에서는 달동네에 사는 아동들을 위한 무료 공부방은 가끔 있어도 오늘날처럼 국가로부터 예산을 지원받는 지역아동센터라고 불리는 공부방은 없었다. 한마디로 빈곤 가정 혹은 위기 가정의 아동들은 지역사회에서 거의 방치되다시피한 것이 당시의 현실이었다.

우리 부부는 당시 사회복지사가 아니었지만 개척교회 전도사로서 지역사회의 아동들을 섬겨야 할 목회적 필요성을 느꼈고, 또 우리 부부가 이것을 잘 할 수 있을 것이라고 생각했었다. 동네 아이들을 위한 공부방 지원에 관한 법적 근거도 없으니 국가에서 지원해 줄 리도 만무했지만, 우리는 아예 국가나 지자체의 도움을 받을 생각조차하지 못했다. 그저 우리가 감당할 수 있는 분량만큼 동네의 아이들을 품으려고 노력했었고, 그로 인해 시간이 지나면서 아이들도 교회에 나오고 뒤이어 부모들도 교회를 나와 주니 참으로 감사했었다.

다만, 이 시점에서 돌아보면, 우리가 자원을 개발하고 지역사회와 연계하는 것에 대해 조금의 전문성이라도 있었으면 아마도 아이들에게 더 많은 것을 줄 수 있었을 것이다. 그러나 우리는 외부 자원을 개발하거나 연계할 생각은 하지 못하고 그저 우리가 줄 수 있는 것을 주려고 했다. 그러다 보니 자원이 부족하여 주중 3일밖에 운영할 수 없었고, 우리가 가진 역량 이상의 것을 줄 수 없었다.

사실 우리는 매달 월세 내는 것도 힘들었다. 우리 부부의 기본적인 생활을 유지하기도 힘들었다. 그럼에도 불구하고 당시 우리는 동네 아이들을 품는 것이 우리가 할 수 있는 최선의 목회적 섬김이라고 생각하여 공부방 사역을 계속하였고, 그 과정 속에서 교회가 조금씩 성장하면서 목회적 보람을 느낄 수 있었다.

2) 청소년 지원 사역

1998년 가을의 어느 주일 오후에 타 교단 소속 교회의 전도사 한 명과 청소년들 몇 명이 찾아왔다. 그 전도사는 우리 교회 인근의 꽤 규모가 있는 교회의 청소년부 담당 전도사라고 하고, 청소년들은 지역사회의 여러 교회에 다니면서 우리 교회 옆에 있는 불교재단의 중고등학교를 다니고 있다고 하였다. 그들이 나를 찾아온 이유는 우리 교회에서 주일 오후에 청소년연합찬양집회를 할 수 있게 해 달라는 것이었다.

나는 "주변에 큰 교회들도 있고, 우리 교회는 보다시피 세워진 지 얼마 되지 않은 개척교회이고, 교회도 작고, 시설도 이렇게 허름한데 무슨 도움이 되겠어요?"라고 했다. 그러자 청소년들을 인솔하여 온 전도사가 이렇게 말했었다. 우리 교회를 찾아오기 전 여러 교회들을 방문하여 부탁을 하였으나 허락을 얻지 못했다고 하면서 포기할까 하다가 마지막으로 우리 교회를 찾아왔다고 했다. 그러면서 지역사회의 청소년들이 함께 모여 마음껏 찬양하고 기도할 수 있도록 도와 달라고 하였다. 그래서 나는 물질적으로 도와줄 형편은 되지 못하지만 공간은 얼마든지 사용할 수 있도록 빌려줄 테니 각자 다니는 교회의 목사님께 말씀드려서 우리 교회에서 연합찬양집회로 모이는 것을 허락받으라고 했다. 그러자 전도사와 청소년들은 많이 기뻐하였다.

그다음 주부터 30여 명의 청소년들이 주일 오후에 자신들이 다니는 교회에서 예배를 마치고 우리 교회에 다시 모여서 찬양집회를 하였는데, 좁은 교회당 안에 30여 명의 청소년들이 모여 찬양을 하고 기도를 하니까 우리 부부도 덩달아 은혜가 충만해지고 힘이 솟았다. 마음 같아서는 간식이라도 사 주고 싶었지만 돈이 없어서 사 주지는 못하고 시원한 물이라도 마실 수 있게 해 주었다.

해가 바뀌니까 청소년들의 요구가 또 하나 늘었다. 우리 지역의 청소년들은 거의 대부분이 불교재단에서 운영하는 중고등학교를 다니고 있었다. 그러다 보니 교내에서 기독동아리 활동을 하고 싶어도 학교에서 허락을 해 주지 않는다고 하면서 학교 가기 전에 아침에 우리 교회에서 잠깐 모여서 기도회를 할 수 있게 해 달라고 하였다.

당시 우리 부부는 교회 안에 방을 하나 만들어 놓고 거기서 생활을 하고 있었고, 아내는 첫 아이 임신 중이었기에 고민이 되었다. 그러나 우리는 청소년들이 너무 기특하여 허락을 하니 그다음 날부터 청소년들 20여 명이 등교하기 전에 우리 교회에 와서 기도회를 하고 학교에 가기 시작했다.

사실, 열악한 환경 가운데서 개척 사역을 하다 보면 몇 달 지나지 않아 힘이 빠지기 시작하고, 한두 해가 지나도록 마음먹은 대로 교회가 성장하지 않으면 무기력증에 빠지기 쉽다. 우리 부부도 그러한 과정을 거쳤는데, 다행스럽게도 교회에 매일 아침마다 청소년들이 몰려와서 찬양을 부르고 기도를 하는 소리에 힘을 얻었었다.

물론 교회 안에서 생활해야 했던 우리 부부가 감내해야 할 어려움도 있었다. 특히 첫 아이를 임신하고 출산 후 갓난아이를 키워야 했던 아내가 감내해야 할 어려움이 참으로 컸었다. 그렇지만 영적으로는 오히려 청소년들 때문에 우리 부부가 많은 은혜를 얻을 수 있었다. 교회 목사요 사모인 우리가 청소년들에게 은혜를 끼치기보다는 도리어 우리 부부가 청소년들로부터 은혜를 받고 힘을 얻을 수 있었던 것이다. 더구나 교회에 드나들던 동네 아이들과 청소년들은 우리 교회가 설립 5년 만에 교회를 건축하게 되는 촉진제가 되었다.

3) 문화센터 운영

얼리어답터 성향이 있는 나는 신학교를 다닐 때에 비교적 다른 동료들보다 일찍 컴퓨터를 학업에 활용하였고 또 클라리넷이라는 악기도 배웠는데, 그것이 나의 강점 요인이었다. 반면에 지역사회는 모든 인프라가 부족한 위기 요인이 있었고 지역주민들이나 아이들이 컴퓨터와 클라리넷 같은 악기를 배우는 기회를 얻기가 어려운 약점 요인이 있었다. 그래서 나는 교회를 개척하여 사역을 할 때도 나의 강점 요인을 적극 활용하여 지역주민들을 전도하는 기회로 삼기 위해 소규모 문화센터를 개설하여 컴퓨터 강좌, 악기 강좌, 찾아가는 영화 상영 프로그램을 운영했다.

처음에는 지역주민들이 경계를 하였다. 그런 것을 빌미로 전도하려고 하는 것이 아니냐 하는 의심을 하였기 때문이다. 물론 우리 부부의 궁극적 목적은 전도하는 것이었다. 그러나 우리는 설령 전도를 궁극적 목표로 삼을지라도 그런 프로그램을 진행하면서 직접적으로 전도하기보다는 진정으로 주민들의 삶의 질을 높여 주고 역량을 강화시켜 주는 것에 충실하되, 교회에 나오는 것은 순전히 프로그램 참여자들의 판단에 맡겼다. 그래서 프로그램을 진행하는 동안 한번도 교회를 나오라고 말하지 않았고, 다른 교회에 다니는 성도들도 프로그램에 참여할 기회를 주었다.

우리 교회가 지역주민들을 위한 문화센터를 시작할 1998년 당시는 어느 교회에서도, 어느 공공기관에서도 지역주민들을 위한 문화 프로그램을 운영하지 않았었다. 즉, 우리 교회는 남이 하는 프로그램을 흉내 낸 것이 아니라, 우리만이 할 수 있는 프로그램을 운영한 것이다.

(1) 컴퓨터교실

교회에 중고 컴퓨터 4대를 설치하여 오전에는 주부들 대상으로, 오후에는 동네 아이들과 청소년들을 대상으로, 저녁에는 직장인들을 위해 무료 컴퓨터 강좌를 운영했다. 소수이기는 하지만 동네의 청소년들과 주부들과 직장인들이 컴퓨터 강좌에 참여하였다.

시간이 지나면서 참여자들과 라포가 형성되어 좋은 이웃으로 지내게 되었다. 수강생들 중에는 우리 교회에서 컴퓨터를 배워 회사에 경리로 취직하였다고 하며 고마워하였고, 자영업을 하던 사람은 수기로 관리하던 고객관리를 컴퓨터로 할 수 있게 되었다고 하면서 고마워했다. 그러던 어느 날부터는 한 명 두 명 자발적으로 교회에 나오기 시작하면서 교회의 빈자리가 채워지기 시작하였다.

후일담이지만, 그들은 이렇게 말했었다. 내가 언제쯤 교회 나오라고 말하려나 기다리고 있었고, 그렇게 말하는 즉시 거절하며 컴퓨터 수강을 포기하려고 했는데 내가 교회 나오라는 말을 하지 않으니까 우리 교회에 대해 더 궁금해졌고 교회에 다니고 싶어졌다고 하였다. 어떤 청소년은 교회에서 컴퓨터를 배우다가 친해져서 교회에 나오게 되었는데, 나중에는 그의 부모도 우리의 진정성을 인정하여 온 가족이 교회에 나오게 되었다. 그러는 사이에 우리 교회는 점점 교회다운 모습을 갖추어 가기 시작하였다.

(2) 악기 강좌

나는 총신대학교 신학과 재학 시절 음악적 열등감을 극복하기 위해 클라리넷을 배웠다. 물론 지금도 여전히 매우 부족한 아마추어 연주자지만, 교회를 개척했을 당시 우리 지역사회에 클라리넷을 연주하는 사람도 없었을 뿐만 아니라 음악학원에서도 가르쳐 주는 곳이 없었다. 그래서 클라리넷 강좌를 개설했는데, 아동청소년 몇 명과 인근 교회 여집사 몇 명이 신청을 해 주어 레슨을 시작하였다. 1년 뒤에는 읍사무소 강당을 빌려 지역사회에서 처음으로 작은음악회를 개최하기도 하였다.

물론 이들은 모두 교회를 다니고 있었기에 전도로 이어지지는 못했다. 그러나 이들은 악기를 통해 우리와 친밀감을 가지게 되었고, 우리 교회의 우호 세력이 되어 주었다. 여러 해 후에는 주변의 조금 규모가 있는 교회들도 예배 시간에 현악기와 관악기를 사용하기 시작하는 모습을 볼 수 있었는데, 이는 우리 교회의 악기 강좌가 가져온 시너지 효과라고 할 수 있다.

(3) 영화 상영

나는 1997년 3월에 교회를 개척하면서 얼리어답터(Early adaptor)답게 그 당시는 국내 대형 교회들도 사용하지 않는 빔프로젝터를 장만했었다. 이를 위해 교회 개척자금 중 상당액을 투자해야 했었다. 그 프로젝터를 가지고 예배 시간에 예배를 돕는 도구로 사용했다. 예배 시간에 강단에 노트북을 올려놓고 프로젝터와 연결하여 스크린에 찬양 가사와 성경 말씀을 띄워 주고 설교를 하면서 관련된 영상 자료를 보여 주기도 했다. 주중에는 컴퓨터 강좌를 위해 사용하기도 하고 축구 경기를 보여 주기도 하고 영화를 보여 주기도 했다.

지금은 아무리 작은 교회라 할지라도 예배 시간에 컴퓨터와 프로젝터 내지는 TV 패널을 사용하는 것이 보편화되어 있지만, 당시는 대형 교회들도 그런 시도를 하지 않았던 때이다. 그러다 보니 당장 심각한 일이 발생했다. 인근 교회의 목회자가 우리 교회를 이단이라고 비방하는 일이 발생한 것이다.

1980~1990년대는 교계의 극보수주의자들이나 신비주의자들 상당수가 CCM이나 컴퓨터를 사탄의 도구로 취급하는 경향이 있었다. 그래서 나 역시도 이단이라고 비방을 받는 일이 발생했던 것이다. 그러나 그 후에 한국 교회는 영상 붐이 일어났고, 나는 먼저 영상을 예배에 활용하고 있는 목사로서 우리 지역의 교회들에도 실제적인 도움을 주기도 했다.

그런데 우리 교회가 지역주민들을 위해 교회에서 프로젝터로 영화나 국가 대항 축구 경기를 보여 주는 프로그램을 진행을 했지만, 주민들로부터 큰 호응을 얻지 못했다. 그럴 만한 이유가 있었다. 첫째는 교회에서 뭘 보여 준다고 해서 그것을 보러 올만큼 교회에 대한 호의적인 생각을 가진 사람들이 별로 없었을 뿐만 아니라, 교회에 가면 발목을 잡힌다는 인식이 팽배해져 있었다는 것이다. 둘째는, 교회에서 부담스럽게 볼 바엔 집에서 가족들과 함께 편하게 두 다리 뻗고 보는 것이 낫다는 생각을 하는 것 같았다. 그래서 교회 안에서 영화 상영이나 스포츠 경기를 보여 주는 선교 전략은 실패했다.

방법의 전환을 시도했다. 아파트로 찾아가서 아이들에게 만화영화를 보여 주는 것이었다. 그래서 교회 인근의 아파트 부녀회를 찾아가서 아파트 공용공간에서 아이들을 위해 만화영화를 보여 주겠다고 했다. 부녀회는 역시 교회를 다니게 하려는 미끼로 여겨 부정적인 견해를 보였지만, 동네 아이들을 섬기고자 하는 우리의 진정성을 받아들여 한 달 동안 주민회의실을 빌려주어 동네 아이들이 좋아하는 애니메이션을 상영해 주었다.

약속한 대로 한 달 동안 주 1회 영화 상영을 마치고 프로그램을 종결했는데, 2주 후 아파트 부녀회에서 교회를 방문하여 아이들을 위해 계속 영화 상영을 해 달라고 요청하였다. 이유는 아이들이 왜 영화를 보여 주지 않느냐고 난리를 한다는 것이다. 그래서 우리는 아파트 관리사무소와 부녀회의 적극적인 협조를 받아 하절기에 아파트 마당에서 주민 가족들을 위한 야외극장을 운영하게 되었다. 그 결과로 그 아파트 주민들은 우리 교회의 지지 세력이 되어 주었고, 자발적으로 교회에 등록하는 가정들도 생겼다. 이듬해 우리 교회가 건축을 하여 이

옷 동네로 이사하였을 때도 부녀회 임원들이 와서 축하를 해 줄 정도로 친밀한 관계가 되었다.

(4) 문서 선교

하나님께서 내게 주신 또 다른 달란트는 글을 쓰는 것이다. 나는 전문적으로 글을 잘 쓰는 훈련을 받지 않았지만, 생각과 감정을 글로 표현하는 것을 좋아했다. 그래서 어릴 때부터 글쓰는 것을 좋아했고, 교회를 개척하였을 때도 전도를 위해 문서 선교 방법을 주요 수단으로 활용했다. 그럴 수밖에 없는 것이 방문전도를 하면 어김없이 주민들이 경비실에 신고하여 경비원들이 출동하여 우리를 혼내는 상황이 발생했고, 이러한 일들은 도리어 전도의 문을 막는 결과를 경험했기 때문이다. 그래서 택한 것이 미니 신문을 발행하여 배포하는 것이었다.

당시에 소위 기성 전도지가 상품으로 많이 나와 있었다. 명함형에서부터 신문형태까지 수많은 종류의 전도지가 나와 있었고, 컬러풀한 데다가 디자인도 예쁘고 내용도 은혜스러운 것들로 채워져 있었다. 그러나 일단 나부터 그런 것을 읽고 싶은 생각이 들지 않았다.

그 이유는 분명 보기에 예쁘고 내용이 읽기에 은혜스러운 것 같은데, 현실의 삶과는 괴리가 커서 가슴에 울림이 생기지 않는다는 것이다. 또한 교회들이 경쟁적으로 그런 전도지를 무차별적으로 살포를 하니까 길거리에 나뒹굴거나 아파트 현관의 미관을 가려 눈살을 찌푸

리게 하다 보니 도리어 전도지가 사람들로 하여금 교회에 대한 부정적 인식을 부추기는 것 같았다.

나는 그러한 현실적인 문제를 극복하기 위해 미니 회보를 직접 만들기로 했다. 일단 사이즈는 A3 한 장으로 하였다. A3를 반으로 접으면 A4지 4면이 되었다. 인쇄는 흑백으로 하되 옵셋인쇄를 하였으며, 발행부수는 1회에 6,000부로 하였다. 단, 기성 상품에 비해 모든 면에서 품질이 떨어질지라도 신앙과 지역사회에 대한 내 마인드가 녹아 있고, '지금 여기의 현장'을 녹여내고, 나의 개성과 영성이 녹아 있는 회보를 내가 직접 만들기로 했다.

1면엔 나의 연재 칼럼 코너를 만들어 직접 글을 쓰되 '목사스런 설교 형태의 칼럼'을 쓰는 것이 아니라 '신앙적 휴머니스트의 관점에서 현실 세상 속에서 희로애락의 삶을 살면서 갖게 되는 생각과 느낌을 읽기 쉽고 재미있게 쓰려고 노력했다. 2~3면에는 지역사회의 다양한 인적, 물적, 환경적 자원을 직접 취재한 기사를 싣고, 4면에는 우리 교회 관련 정보를 실었다.

물론 그렇게 나의 신앙과 철학과 마인드가 녹아 있는 회보를 외주를 주어 만들면 더욱 멋지게 잘 만들 수 있었겠지만, 문제는 그럴 재정적 여력이 없다는 것이었다. 그렇게 직접 제작을 해도 한 번씩 발행할 때마다 당시 20만 원 가까이 들었던 것 같은데, 그것도 우리에게는 너무나 큰 금액이라서 분기별로 발행했고, 비용이 마련되지 않아 발행하지 못한 때도 있었다.

또 다른 문제는 어떻게 배포하느냐 하는 것이었다. 길거리에서 전해 주는 전도지는 그냥 길바닥이나 쓰레기통에 버려지는 경우가 다반사이기 때문에 집 안이나 사무실 안으로 들여보내어야 했다. 가까스로 아파트에 들어가서 현관 문 앞에 스카치테이프로 붙여 놓아도 거의 대부분 청소하시는 분들에 의해 욕을 바가지로 먹으면서 쓰레기통에 버려지다 보니 어떻게든 집 안 혹은 사무실 안으로 들여보내는 방법을 찾아야 했다. 그래서 찾아낸 방법이 비용을 들여서라도 신문 간지로 넣는 것이었다.

당시 홍보물의 경우 컬러 인쇄가 보편적이었는데, 우리 교회의 경우는 재정이 부족하여 컬러 인쇄를 하지 못하고 흑백 인쇄를 했다. 그리고 편집디자인 자체도 전문가들이 볼 때는 조잡했을 것이고, 글을 쓰는 나의 네임밸류도 거의 없었다. 그런데 날이 갈수록 지역주민들의 반향이 일어나기 시작했다. 회보를 읽은 주민이 스스로 교회를 찾아오는 경우들이 생기기 시작했다. 재정이 마련되지 못해 회보를 발행하지 못했을 때는 회보가 올 때 되었는데 안 오니까 교회에 무슨 일이 생겼느냐고 하면서 전화를 하시는 주민도 있었다.

우리 회보의 경우, 내가 1면에 쓰는 칼럼이 조용한, 그러나 조금은 영향력 있는 반향을 일으키기 시작했다. 반응 유형을 보면, 나의 글이 목사의 글 같지 않고 사람 냄새가 느껴져서 좋다고 하였다. 자신들도 쉽게 수긍할 수 있는 현실의 삶을 주제로 하여 재미있으면서도 성찰을 하게 한다고 하였다. 글 속에서 아는 체를 하거나 수사가 너무 화려하거나 장황하지 않고 글에서 소년 같은 순수한 감성이 느껴져서 좋다고 하였다.

지역사회 인사를 인터뷰한 기사나 지역의 문화와 환경을 주제로 한 취재 글의 경우도 좋은 호응을 받았다. 특히 지역 인사 인터뷰 같은 경우, 지역사회의 유력 인사들에게 우리 교회와 나의 존재를 긍정적으로 각인시켜 주는 기회가 되기도 했고, 인터뷰 중 우리 교회의 사역에 대한 이야기를 듣고 나면 나에 대해 호감을 보여 주기도 했다.

지역의 문화와 환경에 대한 취재를 통해서도 지역사회를 보다 잘 아는 계기가 되었을 뿐만 아니라 취재 중에 다양한 지역주민들을 만나 소통할 수 있었고, 주민들이 그런 활동들을 회보를 통해 알게 되는 것 자체가 지역사회의 신선한 활력을 불어넣어 주는 역할도 했다.

실제로 우리 교회를 찾아온 사람들은 거의 대부분 회보를 받아 보고 직접 찾아온 사람들이었다. 회보에 실리는 글들을 통해 나라는 존재와 우리 교회에 대해 부부끼리 대화를 하면서 공감을 하게 되고, 그러다 보니 교회 형편이 어려운 줄 알면서도 기꺼이 부부가 함께 와서 성도가 되어 주었었다.

어떤 분은 교회 근처에서 자영업을 하시면서 회보를 통해 우리 교회를 알게 되었고, 회보의 글들을 읽으면서 나에 대한 호감을 가지기 시작하였으나 나 역시 외지인이기에 쉽게 마음을 열지 못하였다고 한다. 그러나 꾸준히 활동을 하는 모습을 보면서 외지인과 목사에 대한 부정적인 인식을 걷어내고 자발적으로 교회에 출석하였다.

4면에 싣는 교회 소식 난 또한 지역주민들의 마음을 움직이는 사례가 많았다. 4면에는 교회가 운영하는 방과후 교실, 컴퓨터 교실, 악기 교실, 영화 상영 프로그램 등에 관한 소식을 실었었는데, 그것을 보고 프로그램에 참여하고, 자신에게 실질적인 도움을 주지만 교회 출석을 강요하지 않는 것이 마음이 움직여져서 자발적으로 온 가족이 교회에 나왔을 뿐만 아니라 이웃 가정까지도 데리고 온 경우도 있었다.

SNS 시대에 지금과 같은 문서를 통한 전도 방법이 효과적이지 못할 수도 있다고 판단되어 지금은 회보를 발간하지 않는다. 그러나 그 당시는 컴퓨터도 거의 없고 인터넷을 하지 않거나 못하는 사람들이 훨씬 많았다. 그래서 기성 전도지에 비해 품질이 많이 떨어지지만, 기성 전도지에는 없는 우리만의 장점을 실은 회보를 만들 수 있었고, 그것이 지역주민들의 마음을 움직일 수 없는 매체가 되어 교회 성장의 열매를 맺는 유용한 수단이 되어 주었다.

제3장
제2기 사역
교회 건축과 사회복지 사역

교회 개척 5년 후, 옆동네의 외진 산기슭 땅 300평을 매입하여
1차로 연건평 120평의 교회를 건축하였다.
건축 중 천정에서 직접 일하다가 낙상하여
늑골이 부러지고 팔 인대를 다치는 부상을 당하기도 했으나
하나님의 은혜로 건축을 마칠 수 있었다.
2년 뒤에는 부속 건물 105평을 3개층으로 건축하였다.
2015년에는 약 30평을 증축하여 오늘에 이르게 되었다.

교회 건축이 쉬운 일이 아니라는 것은 모두가 잘 알고 있다. 더구나 개척교회가 교회를 건축하기까지는 상상을 초월할 정도의 고난을 필요로 한다. 믿음으로 교회를 건축했다가 현실적인 짐을 감당하지 못하고 쓰러지는 교회도 많이 있고, 더욱이 이단에게 넘어가는 경우도 많이 발생하고 있다. 그런데 감사하게도 우리 교회는 하나님의 은혜로 무사히 건축을 마쳤고, 건축 후 지금까지 모든 공간이 지역사회를 섬기는 사역을 위해 사용되고 있다.

우리 교회 사역 제2기는 교회 건축을 필두로 하여 복지와 교육과 문화 영역에서 활발한 섬김 사역을 해 왔을 뿐만 아니라, 미력하게나마 남양주시의 발전을 위한 견인차 역할을 해 왔다고 할 수 있다. 즉, 교회라는 물리적 공간이 예배 용도로만 사용되지 않고 지역사회를 품는 용도로 적극 활용되어 왔는데, 그런 점에서 우리 교회는 주일보다도 평일이 더 바쁘고 활발한 교회이며, 지역사회의 안전망 역할을 톡톡히 하고 있는 교회라고 할 수 있다.

나는 총신대학교 학부 졸업을 위해 '현대교회는 예배 공간을 넘어 지역사회를 총체적으로 섬기는 공간이 되어야 한다'는 주제로 논문을 썼었는데, 학부 때의 고민을 목회 현장에서 실천하고 있는 셈이다.

현재 교회의 모습, 우리 교회는 종교집회시설, 노유자시설, 근린생활시설로
되어 있고, 건물은 각 용도에 맞게 활용되고 있다.

1. 교회 건축

교회를 건축하고 싶다는 열망이 생겼을 당시, 우리 교회 성인 성도 수는 12명이었다. 그럼에도 불구하고 내가 교회를 건축하고 싶다는 열망을 가지게 된 동기는 우리 교회를 드나드는 아이들과 청소년들 때문이었다. 앞에서 서술하였듯이, 우리 교회는 지역에서 가장 작고 가장 가난한 교회였음에도 불구하고 지역사회의 아동들과 청소년들이 많이 드나들었다. 나는 그 어린 영혼들을 보면서 아이들과 청소년들이 주일뿐만 아니라 주중에도 맘껏 활동할 수 있는 실내 공간과 마당이 있는 교회를 건축하면 좋겠다는 생각을 했었다.

1) 성도들과 비전 공유, 그리고 도전

2000년 전교인 여름수양회를 갔을 때, 나는 우리 교회 비전을 성도들과 공유하기 위해 참여한 성도 가족들을 대상으로 [미래의 우리 교회 짓기]라는 프로그램을 진행했다. 방법은 조별로 미래의 우리 교회 상을 토론한 다음 전지에 미래의 우리 교회 청사진을 그리게 하였다.

이어서 그 청사진을 토대로 나무젓가락을 차곡차곡 쌓아 교회를 만들게 하였다. 마지막으로 조별로 돌아가면서 발표를 하게 하였는데, 그 과정과 결과가 참으로 은혜스러웠고 나에게 큰 도전이 되었다.

그러나 수양회를 마치고 냉엄한 현실로 돌아왔을 때는 다시 한 달을 살아내는 것의 버거움에 시달려야 했다. 하지만 나는 이상하게도 수양회 때 받은 은혜와 도전이 머리와 가슴에서 떠나지 않는 것이었다. 주중에 아이들이 그 비좁은 상가교회에 와서 공부하고 노는 모습들과 아침마다 청소년들이 와서 찬양하고 기도하는 모습들과 주일 오후에 청소년들이 모여 뜨겁게 찬양하는 모습들을 보면서 정말로 우리가 함께 토론하고 그리고 지어 보았던 그 교회를 건축하고 싶다는 생각이 더욱 간절해지기 시작했다.

그해 가을, 우리 교회 인근에서 자영업을 하던 한 분이 우리 교회의 성도가 되었다. 그 성도는 회보를 통해 우리 교회와 우리 부부를 알게 되었고, 우리 교회와 우리 부부를 몇 년 동안 관찰하다가 우리 교회의 성도가 되었다. 그 성도는 교회 건축을 하고 싶어 하는 내 말을 듣고는 지나가듯이 "목사님, 땅은 자기 돈으로 사는 거 아니에요. 땅값의 10%만 있으면 땅도 사고 건물도 지을 수 있어요."라고 했다. 나는 그 말이 하나님의 음성처럼 들렸다. 나는 그 말을 듣고 난 후 그만 가슴에 교회 건축의 불이 붙고 말았다. 그래서 나의 기도 제목도 교회 건축에 비중이 실리기 시작했다.

2) 살렘교회 2004 교회 건축 프로젝트

나 자신에게 질문을 했다. "너는 왜 교회를 건축하려고 하는가?" "너는 교회 건축에 소요되는 재정을 어떻게 마련할 것인가?" "너는 교회를 건축해서 무엇을 할 것인가?" 하나님께 기도하면서 내 자신에게 그런 질문을 하고 정직한 답을 얻고자 했다. 또 당시 두 살 된 아들과 생후 6개월 된 딸을 키우는데 여념이 없는 아내에게 내 안에 타오르는 교회 건축에 대한 열망을 이야기했다. 왜냐하면, 교회 개척도 아내가 하나님의 응답을 받지 못하면 나 혼자 못하듯이 교회 건축도 아내가 하나님의 응답을 받지 못하면 나 혼자 못하기 때문이다. 내 이야기를 들은 아내는 걱정 반 기대 반의 얼굴로 열심히 해 보라고 하였다.

다음은 성도들의 동의를 구하는 것이었다. 그래서 성도들에게 교회 건축에 대한 생각을 말하였을 때, 성도들 중의 한 분이 말하기를, "우리 교회를 정말 사랑하기 때문에 있는 힘을 다해 섬기고 싶습니다. 그러나 지금 이 시점에서 교회를 건축한다는 것은 불가능하다고 생각합니다. 하지만 목사님이 하시겠다고 하면, 우리도 함께하겠습니다."라고 하였다. 그 성도의 말에 다른 성도들도 같은 마음이라고 하였다.

나는 아내와 성도들의 마음을 확인한 후에 교회 건축의 목적과 목표와 실현방법을 담은 [살렘교회 2004 교회 건축 프로젝트] 전단을 만들었다. 그 내용은 아래와 같다.

〈살렘교회 2004 프로젝트〉

여러분의 참여와 기도를 부탁드립니다!

샬롬! 주님의 크신 은총이 가정과 하시는 모든 일에 가득 임하시기를 기도드립니다. 저는 총신대학교 신학과(23회)와 총신 신대원(89회)을 졸업하고 하나님께서 주신 비전을 이루어 드리고자 1997년 3월 살렘교회를 개척하여 현재까지 부족하나마 최선을 다해 믿음의 공동체를 이루어 가고 있습니다.

그동안 참으로 많은 분들이 저희 살렘교회를 위해 기도해 주시고 후원해 주셨기에 아름다운 모습으로 성장해 오던 중 살렘교회 설립 7주년이 되는 2004년에 하나님이 기뻐하시고 사람들이 기뻐하는 교회 건축을 추진하게 되었습니다.

하오니, 이 귀한 일에 여러분들의 기도를 부탁드리며, 아울러 살렘 2004 프로젝트에 협력 회원으로 참여해 주시기를 요청드립니다. 저희 살렘가족은 여러분을 위해 뜨거운 마음으로 기도해 드리겠습니다.

• 살렘교회 비전

살렘교회의 비전은 에베소서 4장 11-16절 말씀을 따라 "사람을 키우는 교회"입니다. 따라서, 저희가 교회를 건축하고자 함은 건물을 위한 건물이 아니라, 교회에서 하나님의 사람들, 특히 자라나는 세대들을 기드온의 300 용사와 같은 인물들로 양육하기 위함입니다.

• 목회 철학

목회 철학은 데살로니가전서 1장 3절 말씀에 따라 "믿음으로 역사하고, 사랑으로 수고하며, 소망으로 인내하는 교회"입니다. 이런 정신을 바탕으로 하여 저희들은 서로의 믿음을 굳게 다지며, 하나님의 사랑은 사람 사랑임을 알아 사랑으로 서로 섬기며, 우리 속에 착한 일을 시작하신 이가 또한 그 일을 마치실 것을 확신하는 가운데 인내하며 주님의 일을 감당해 나갈 것입니다.

• 살렘교회 비전 프로젝트 성취, 그 후

(1) 예배공동체로서의 교회

하나님께 영광을 돌리고 바른 예배를 드리는 것을 최우선으로 할 것입니다. 가족이 함께 모여 하나님께 경배와 찬양을 드리는 교회를 지향합니다. 그런 점에서 살렘교회는 막연히 큰 교회를 추구하는 것이 아니라 가정을 가정되게 하고 교회를 교회되게 하는 것을 지향하겠습니다.

(2) 교육공동체로서의 교회

살렘교회는 기독교세계관을 지닌 미래의 지도자를 양성하기 위해 세워진 교회입니다. 따라서 살렘교회의 건축은 교육공동체 관점에 따라 진행될 것이며, 건축 후에는 어린이와 청소년들의 방과후 학교로 사용하게 될 것입니다.

(3) 문화공동체로서의 교회

교회는 하나님을 예배하는 성전임과 동시에 사람들의 안식처요, 교제의 장이요, 재충전의 장이기도 합니다. 그러므로 살렘교회는 세속 문화에 오염되고 지친 사람들의 영혼을 살리고 육을 살리는 기독교 문화를 향유하게 하는 전당이 될 수 있도록 교회당을 지역주민들에게 열어 놓을 것입니다. 우리는 지금까지 이를 실천해 왔고, 앞으로도 그러할 것입니다.

이제 우리는 간절한 마음으로 하나님의 도우심을 구하겠습니다. 그리고 하나님께서 여러분의 마음을 여시도록 기도하겠습니다. 살렘교회와 살렘 2004 프로젝트에 대해 보다 자세하게 알기 원하시는 분은 전화를 주시거나 본 교회 홈페이지를 방문해 주십시오.

- 주후 2001년 5월 30일 대한예수교장로회 살렘교회 김동문 목사, 성도 일동 드림

• 살렘 2004 프로젝트는 이렇습니다.
- 살렘교회 설립 7주년이 되는 2004년에 2004명의 후원 회원들이 한 달에 10,000원씩 헌금하여 예배공동체-교육공동체-문화공동체로

서의 교회를 건축하여 하나님이 기뻐하시고 사람들이 기뻐하는 교회가 되게 한다.

- 하나님께 헌당드린 후 예배 시간 이외에는 교회시설을 지역사회에 개방하여 어린이와 학생들의 방과후 학교의 장으로 활용하고, 그 외 시간에는 세속 문화에 오염되고 지친 지역주민들이 영을 살리고 육을 살리는 기독교 문화를 향유하게 함으로써, 지역사회에 하나님의 나라가 임하게 한다.

- 교회 건축은 인재 양성의 비전을 가지고 있는 교회인 만큼 어린이와 학생들이 예배와 학습 활동, 문화 활동을 할 수 있도록 짓는다.

• 이렇게 후원하여 주십시오.

- 개인 혹은 가족 단위로 후원하여 주시면 감사하겠습니다(기도 제목을 알려 주시면 저희 교회에서 간절한 마음으로 기도해 드리겠습니다).

- 가급적 자동이체로 해 주시면 감사하겠습니다.

- 매달 후원해 주실 수도 있고, 한꺼번에 해 주실 수도 있습니다.

• 후원금 관리는 이렇게 하겠습니다.

- 별도의 통장에 적립하며, 적립된 헌금은 다른 용도로 사용하지 않겠습니다.

- 본 교회의 회보나 홈페이지를 통하여 매월 적립금액 상황을 공개하여 후원금 관리의 투명성을 지켜 나가도록 하겠습니다.

- 귀한 물질을 후원해 주시는 만큼 여러분의 가정과 직장과 사업장

에 하나님의 축복이 임하시기를 기도해 드리겠습니다.

• 아래의 계좌로 후원하여 주십시오.

은행명 : OO은행, 예금주 : 살렘교회-2004,

계좌번호 : 000-00-0000-000

너희 속에 착한 일을 시작하신 이가 그리스도 예수의 날까지 이루실 줄을 우리가 확신하노라

- 빌립보서 1장 3절

후일담이지만, 우리 교회의 건축을 위해 도움을 주셨던 분들은 우리 교회를 도와줄 마음을 가지게 된 이유가 나름대로 준비를 잘해서 신뢰감이 가고, 전단 속에서 우리의 비전을 발견할 수 있고, 또 평소 전단지 내용대로 흔들림 없이 열심히 목회를 하는 것을 봐 왔기 때문이라고 했다.

살렘교회 2004 프로젝트

대한예수교 장로회
homepage : www.sallem.net

www.sallem.net | 472-860 경기도 남양주시 진접읍 장현2리 630번지 | TEL 031) 572-0291, 018-366-0291

Green Green Green

여러분의 참여와 기도를 부탁드립니다!

김 동 문 목사

샬롬! 주님의 크신 은총이 가정과 하시는 모든 일에 가득 임하시기를 기도드립니다.
저는 총신대학교 신학과(93년)와 총신 신대원(96)을 졸업하고 하나님께서 주신 비전을 이루어드리고자
살렘교회를 개척하여(97) 현재까지 부족하나마 최선을 다해 믿음의 공동체를 이루어가고 있습니다.
그동안 참으로 많은 분들이 저희 살렘교회를 위해 기도해주시고 후원해주셨기에 아름다운 모습으로 성장
해오면중 살렘교회 설립 7주년이 되는 2004년에 하나님이 기뻐하시고 사람들이 기뻐하는 교회 건축을 추
진하게 되었습니다.
하오니, 이 귀한 일에 여러분들의 기도를 부탁드리며, 아울러 살렘 2004 프로젝트에 협력회원으로 참여해
주시기를 요청드립니다. 저희 살렘 가족은 여러분을 위해 뜨거운 마음으로 기도해드리겠습니다.

살렘교회의 비전

살렘교회의 비전은 에베소서 4:11-16절 말씀에 따라 "사람을 키우는 교회"입니다. 따라서, 저희가 교회를 건축하고자 함은 건물을 위한
건물이 아니라, 교회에서 하나님의 사람들, 특히 자라나는 세대들을 기드온의 300 용사와 같은 인물들로 양육하기 위함입니다.

실 천 이 념

실천이념은 데살로니가전서 1:3절 말씀에 따라 "믿음으로 역사하고, 사랑으로 수고하며, 소망으로 인내하는 교회"입니다. 이런 정신을
바탕으로 해서 저희들은 서로의 믿음을 굳게 다져나가며, 하나님 사랑은 사람 사랑임을 알아 사랑으로 서로 섬기며, 우리 속에 착한 일
을 시작하신 이가 또한 그 일을 마치실 것을 확신하는 가운데 인내하며 주님의 일을 감당해 나갈 것입니다

프로젝트 성취, 그후

1. 예배 공동체로서의 교회
하나님께 영광을 돌리고 바른 예배를 드리는 것을 최우선으로 할 것입니다. 가족이 함께 모여 하나님께 경배와 찬양을 드 리는 교회를 지향합니다.
그런 점에서 살렘교회는 막연히 큰 교회를 추구하는 것이 아니라 가정을 가정답게 하고 교회를 교회답게 하는 것을 지향
하는 것입니다.

2. 교육공동체로서의 교회
살렘교회는 기독교세계관을 지닌 미래의 지도자를 양성하기 위해 세워진 교회입니다. 따라서, 살렘교회의 건축은 교육공
동체의 관점에 따라 진행될 것이며, 건축 후에는 어린이와 청소년들의 방과후 학교로 사용하게 될 것입니다.
저희는 교회가 열린 마음으로 후세대들의 교육에 관심을 기울이면, 가정 뿐만 아니라 나라를 살릴 수도 있다고 믿습니다.

3. 문화공동체로서의 교회
교회는 하나님을 예배하는 성전임과 동시에 사람들의 안식처요, 교제의 장이요, 재충전의 장이기도 합니다. 그러므로 살
렘교회는 세속 문화에 오염되고 지친 사람들의 영혼을 살리고 육을 살리는 기독교문화를 향유하게 하는 전당이 될 수 있
록 교회당을 지역주민들에게 열어놓을 것입니다. 우리는 지금까지 이를 실천해왔고, 앞으로도 그러할 것입니다.

이제 우리는 간절한 마음으로 하나님의 도우심을 구하겠습니다. 그리고 하나님께서 여러분의 마음을 여시도록
기도하겠습니다. 살렘교회와 살렘 2004 프로젝트에 대해 보다 자세히 알기 원하시는 분은 전화를 주시거나 본
교회 홈페이지를 방문해주십시오. **www.sallem.net**

- 주후 2001년 5월 30일 살렘교회 김동문 목사, 성도 일동 드림 -

살렘 2004 프로젝트는 이렇습니다.

- 살렘교회 설립 7주년이 되는 2004년에 2004명의 후원 회원들이 한달에 10,000원씩 헌금
하여 예배공동체-교육공동체-문화공동체로서의 교회를 건축하여 하나님이 기뻐하시고
사람들이 기뻐하는 교회가 되게 한다.
- 교회를 건축할때, 후원 회원들의 이름을 머릿돌에 묻는 의식을 통해 하나님의 영원한 생명
책에 기록된 것을 기념한다.
- 하나님께 헌당드린 후에는 예배 시간 이외에는 교회 시설을 지역사회에 개방하여 어린이와
학생들의 방과후 학교의 장으로 활용하고, 그외 시간에는 세속 문화에 오염되고 지친 지역
주민들이 영을 살리고 육을 살리는 기독교문화를 향유하게 함으로써, 지역사회에 하나님의
나라가 임하게 한다.
- 교회건축은 인재 양성의 비전을 가지고 있는 교회인만큼 어린이와 학생들이 예배와 학습활
동, 문화활동을 할 수 있도록 짓는다.

 이렇게 후원하여 주십시오.

- 개인 혹은 가족 단위로 후원하여 주시면 감사하겠습니다.
(기도제목을 알려주시면 저희 교회에서 간절한 마음으로 기도해드리겠습니다)
- 가급적 자동이체로 해주시면 감사하겠습니다.
- 매달 후원해주실 수도 있고, 한꺼번에 해주실 수도 있습니다.

 후원 헌금 관리는 이렇게 하겠습니다.

- 별도의 통장에 적립하며, 적립된 헌금은 다른 용도로는 사용하지 않겠습니다.
- 본 교회의 회보나 홈페이지를 통하여 매월 적립금액 상황을 공개하여 후원 헌금관리의 투
명성을 지켜나가도록 하겠습니다.
- 귀한 물질을 후원해주시는 만큼 여러분의 가정과 직장과 사업장에 하나님의 큰 축복이 임
하시기를 기도해드리겠습니다.

 아래의 계좌로 후원하여 주십시오.

- 은행명 : 국민은행,   - 예금주 : 김동문-살렘2004,   - 계좌번호 : 283-21-0186-114

너희 속에 착한 일을 시작하신 이가 그리스도 예수의

날까지 이루실 줄을 우리가 확신하노라

- 빌립보서 1:3절 -

3) 하나님의 입체적인 역사가 만들어 낸 교회 건축

하나님은 [살렘교회 2004 교회 건축 프로젝트]를 받으셨다. 그래서 하나님은 우리 교회 밖의 사람들을 움직이셨다.

첫째, 그동안 우리 교회를 기도와 물질로 후원해 오셨던 이들이 우리의 프로젝트 내용을 듣고는 기꺼이 후원자가 되어 주셨다. 그들은 우리 교회가 교회를 건축하고자 하는 목적과 목표를 귀하게 여겨 자신들도 넉넉하지 않음에도 불구하고 후원 회원이 되어 주었다.

둘째, 우리와는 다른 종교를 가진 부동산중개업소 대표가 나를 신뢰하여 역시 다른 종교를 가진 자본가를 소개해 주어 부지 매입을 위한 중도금을 투자해 주었다. 셋째, 우리 교회가 속한 대한예수교장로회 총회 중서울노회가 교회 건축 부지 매입을 위한 잔금을 대여해 주었다. 만약 중서울노회가 파격적인 지원을 해 주지 않았다면, 우리 교회의 건축 프로젝트는 성공하지 못했을 것이다.

나는 실패할 가능성이 높은 우리 교회에 부지 매입을 위해 중도금을 대여해 주었던 분에 대해 지금도 감사한 마음을 가지고 있다. 하지만 우리는 그에게 대여금에 대한 약정이자를 지급했었고, 원금도 다 상환해 주었다. 그런데 나는 중서울노회의 대여금 상환에 대한 약속을 제때에 지키지 못했었다. 물론 천신만고 끝에 뒤늦게 노회의 지원금을 다 상환했지만, 애초에 약속했던 것을 지키지 못했던 것이다.

이로 인해 우리 교회는 한동안 노회에 걱정을 끼치는 교회가 되어야 했는데, 노회는 그런 우리 교회를 인내와 사랑으로 기다려 주었다. 결과적으로 우리 교회에 대한 중서울노회의 지원이 있었기에 오늘의 우리 교회가 있게 된 것이다. 그래서 나는 중서울노회에 대해 항상 감사한 마음과 빚진 자의 마음을 가지고 목회하려고 발버둥을 쳐 왔고, 앞으로도 은퇴하는 날까지 그 마음을 가지고 목회를 할 것이다.

종합해 볼 때, 하나님은 우리 교회가 교회를 건축하고자 하는 목적과 목표를 기쁘게 받아 주셨기에, 교회 안의 성도들과 교회 밖의 사람들을 움직여 주셨기에 성공적으로 교회를 건축할 수 있었다고 생각한다. 교회 건축 후에는 교회를 예배공동체, 교육공동체, 복지공동체, 문화공동체가 되게 하기로 목표 설정을 하였고, 목적은 교회 개척 시에 가졌던 '그리스도의 몸으로 자라가는 교회'로 설정하였다.

2. 지역사회를 품는 사역

앞에서 말하였지만, 우리는 1997년 3월 교회를 개척한 후부터 동네 아동들과 청소년들과 지역주민들을 위해 방과후 학교, 컴퓨터 강좌, 악기 강좌, 영화 상영 등의 프로그램을 운영했었다. 당시 교회에서 그런 접근을 하는 교회는 우리 교회밖에 없었다. 하물며 관공서에서도 우리 교회처럼 주민들을 위한 복리후생 프로그램을 운영하지 않았다. 그것이 우리나라 전체의 상황이었다.

그런데 1999년경부터 우리 지역에서도 관공서와 대학 사회교육원에서 컴퓨터 강좌나 문화 강좌가 개설되기 시작했다. 우리 교회는 감히 따라가기 힘든 수준의 시설과 장비, 전문 강사진을 갖추고 있었다. 게다가 대형 교회들 중심으로 문화센터를 운영하는 붐도 일기 시작했는데, 우리 지역에서도 우리보다 규모가 큰 교회가 문화센터를 운영하기 시작하면서 주민들이 그 교회로 몰렸다. 우리 교회 강점은 문화와 교육 프로그램을 운영할 수 있는 역량이었는데, 지역사회 환경이 바

꿔면서 우리의 강점은 더 이상 강점이 아니라 약점이 되고 말았다.

그러나 그 기관들이 갖추지 못하거나 하지 못하는 영역이 있었는데, 바로 복지 영역이었다. 하지만 우리 교회는 일찌감치 남이 하지 않는 무료 공부방을 운영해 왔기에 아동복지 실천역량이 있는 것이 우리 교회의 새로운 강점이 되었다. 그래서 우리는 공적 기관이 하지 않거나 할 수 없는 복지 영역에 우리의 역량을 쏟아붓기로 했다.

우리 교회는 다른 공적 기관이나 다른 교회들이 하지 못하는 사회복지 영역에 우리의 역량을 집중하여 아동복지와 노인복지의 선구자가 되었다.

1) 아동복지 사역, [살렘푸른학당]

당시 동네 아이들을 품는 공부방 사역은 공공기관이나,
주변의 큰 교회들도 할 수 없었고, 우리 교회만 할 수 있었다.
그것이 우리 교회의 새로운 강점이 되었다.

교회를 건축하고 나니까 주변에서는 보육시설을 하면 좋겠다고 조
언을 해 주는 사람들이 있었다. 실제로 우리 교회는 공간이나 주변의
자연환경을 생각하면 어린이집을 운영하기 좋은 환경이었다. 그러나
우리는 교회를 드나드는 아동들과 청소년들로 인해 교회 건축의 비
전을 가졌었고, 현실적으로 지역사회에는 어린이집이 동네 곳곳에 있
었지만, 취학 아동들의 방과후 활동을 위한 복지시설이 전무하였기에
지금의 지역아동센터 전신인 무료 공부방을 본격적으로 운영하였다.
그래서 공부방 이름을 [살렘푸른학당]이라고 짓고, 동네의 초등학교

아이들 중 부모의 돌봄이 힘든 아이들을 대상으로 방과후 활동을 지원하기 시작하였다. 그런데 세 가지 문제가 발생하였다.

첫째, 아동들을 돌보는데 소요되는 재정 마련이 힘들었다. 어린이집을 운영하면 기본적으로 국가의 지원비와 부모들로부터 원비를 받아 운영할 수 있었을 텐데, 공부방은 그것이 원천적으로 힘들었다. 무엇보다도, 우리는 형편이 어려운 가정의 자녀들을 대상으로 한 공부방이었기 때문에 무료가 원칙이었다.

다만, 아동 및 청소년들과 성인들을 대상으로 한 컴퓨터 강좌는 이용자들의 요청에 따라 월 5,000원을 받았다. 이용자들은 무료 수강이 오히려 심적으로 부담이 되어 수강료를 내고 싶다고 하였다. 그래서 최소 비용으로 월 5,000원을 받았지만, 그 금액으로 매월 소요되는 비용을 감당할 수 없었다.

둘째, 지역에서 학원을 운영하는 이들로부터 민원이 들어왔다. 정식으로 허가받은 학원이 아닌데 강좌를 개설하고 이용료를 받는다고 해서 항의가 들어온 것이다. 월 5,000원도 이용료라는 것이고, 그것은 불법이라는 것이다. 심정적으로는 동의가 되지 않았지만, 법적으로는 그들의 말이 맞았다.

실제로 그 즈음부터 큰 규모의 교회들이 문화센터를 운영하는 바람이 불었고, 몇 년이 더 지난 후에는 교회 안에 카페를 운영하는 바람도 불었는데, 관련 업종을 운영하는 사람들로부터 고발을 당해 어려움을 당하는 교회들이 생기기도 했었다. 우리 교회는 이용료라고 보기에는 너무 작은 금액이었지만, 그래도 법적으로는 문제를 삼을 소지가 있었다.

셋째, 교회 안에서 갈등이 발생했다. 당시 성도들은 우리 부부가 다른 교회 목회자 부부처럼 '목회'에 전념하여 성도들을 위해 헌신하기보다는 복지 사역에 비중을 더 많이 두는 것에 대해 부정적인 생각을 하는 사람들이 있었다.

예를 들면, 불우한 이웃들을 돕는 것은 좋지만, 그들이 나 혹은 내 자녀들이 같은 공간에 함께한다는 것은 부담스럽다는 것이다. 또 우리 부부가 그런 사역에 많은 에너지를 소비하기 때문에 상대적으로 성도들이 원하는 영적 욕구를 충족시켜 주지 못하는 데서 오는 불만이 생긴 것이다. 이로 인해 교회에 잘 나오던 성도들도 나의 실수로 잃어버린 뼈아픈 경험을 해야 했고, 그 상처가 참으로 컸다.

(1) 국가의 지원을 통한 안정적 운영

2003년 7월 31일, 우리나라의 사회복지사업법이 개정되면서 무료 공부방이 지역아동센터로 명명되었다. 그러면서 국가에서 예산을 지원하는 법률이 제정된 것이다. 우리는 그 사실을 모른 채 계속 공부방을 운영했었는데, 그 법률에 따라 우리 공부방은 2004년부터 재정 지원을 받게 되어 공부방을 안정적으로 운영하는 계기가 되었다. 국가의 재정 지원을 받기 전에는 재정 형편상 주 3일 정도밖에 운영을 할 수 없었는데, 재정 지원 후에는 매일 운영함으로써 이용 아동들이나 부모들에게 보다 실질적인 도움을 줄 수 있었다.

지금의 지역아동센터는 우리나라에서 법정 아동복지시설로 자리매김되었고, 연간 예산 지원액도 많아져서 초창기에 비해 매우 안정적으로 운영되고 있다. 하지만 초창기는 예산 지원이 매우 미약했다. 그러나 우리로서는 얼마 되지 않은 예산 지원이 단비와 같은 역할을 해서 헌신하는 기쁨과 보람을 느낄 수 있었다. 무엇보다도 교회가 운영하는 공부방을 이용하는 아동들은 보다 알찬 돌봄 서비스를 받을 수 있었고, 보호자들은 자녀들에 대한 양육 부담을 많이 덜 수 있는 계기가 되었다.

학원연합회로부터 "교회가 왜 불법을 행하느냐?"라는 항의성 민원을 접하였을 때, 우리는 심정적으로는 억울함을 느꼈지만, 틀린 말이 아니다 싶었기에 법적으로 인정받을 필요가 있었다. 그래서 해당 관공서를 찾아가서 정식으로 등록시키기로 하였다. 그도 그럴 것이 우리 교회는 그 당시 지역사회의 웬만한 학원보다 더 나은 건물과 공간을 가지고 있었기 때문이다.

그런데 관공서에서는 우리 공부방을 합법화시킬 법률적 근거가 없다고 하였다. 당시 법률로는 우리 공부방이 어린이집에도 속하지 않고 학원에도 속하지 않았기 때문이다. 그래서 공무원도 난감해하였다. 그 후, 위에서 언급한 대로 사회복지사업법이 개정되면서 지역아동센터 지원에 관한 법률이 마련되었기 때문에 우리 공부방은 남양주시 최초로 남양주YMCA에서 운영하던 공부방과 함께 법률적 근거를 가진 아동복지시설이 되면서 더 이상 민원의 대상이 되지 않게 되었다.

공부방이 제도권 안에 들어가서 정부의 보조금을 받게 되면서부터 운영이 보다 안정을 얻게 되자 아동들에게 보다 다양하고 질 높은 방과후 돌봄 서비스를 제공할 수 있었다. 지금은 서비스 종류가 더 다양해지고 품질 또한 더 높아졌지만, 당시 기준으로도 공부방 아이들은 웬만한 중산층 가정 이상의 돌봄 서비스를 받을 수 있었다. 아직도 인터넷상에 우리 공부방의 활동 자료들이 많이 남아 있는데, 우리 공부방은 남양주의 아동복지 출발점이면서 메카라고 해도 과언이 아닐 정도로 지역사회에 영향을 많이 끼쳤다.

지역사회 안에 있는 교회로서, 우리 교회가 '아동복지'라는 영역으로 지역주민의 필요를 채워 줄 수 있어서 참으로 감사했다. 나아가 현재 지역사회와 국가 전체에 지역아동센터를 비롯하여 아동들의 방과후 돌봄 서비스를 제공하는 기관들이 곳곳에 세워져서 운영되고 있는데, 우리 교회가 그렇게 아동복지 분야가 발전하고 성장하는데 기여할 수 있었던 것이 감사하다.

(2) 제도화로 인해 교회가 직면한 어려움

공부방은 제도권 안에 들어가면서 법적 지위를 얻고 운영비 지원을 받을 수가 있어서 지속적인 운영을 할 수 있었다. 많은 교회들이 처음에는 열심을 가지고 지역사회를 섬기지만 재원 마련의 어려움에 봉착하게 되면 그 섬김 사역을 계속할 수 없게 된다. 또 담임목회자가 바뀌거나 당회원들이나 성도들이 반대의견을 내면 사역이 중지되기도 한다. 그것이 사회로부터 신뢰를 잃어버리는 주요한 원인이 되기도 한다.

그런데 국가가 제도적으로 공부방을 지원해 주니까 안정적으로 운영할 수 있고, 복지 서비스의 양이 많아지고 질이 높아지는 장점도 있었지만, 공부방 사역이 제도권 안으로 들어가면서 큰 어려움이 발생하였다. 공부방 운영의 목회적 명분을 유지하기가 어려워지는 문제가 발생하기 시작했는데, 그 이유는 아래와 같다.

첫째, 국가의 예산을 지원받게 되다 보니 예산집행과 정산에 대해 지자체의 담당 공무원의 지도와 감독을 받게 되었다는 것이다. 모든 수입과 지출은 사회복지 재무규칙에 따라야 하며, 이를 어길 시에는 법적 제재와 처벌을 피할 수 없다. 그래서 우리는 예산을 잘 관리하는 데 많은 에너지를 사용해야 했다. 실제로 예산관리를 부실하게 하거나 부당하게 집행하거나, 이용료나 후원금을 부당하게 받은 이유로 법적 제재를 받은 공부방들이 많이 있었다.

그런 공부방들 중에 목회자 부부가 운영하는 곳들도 상당수 있다. 즉, 이렇게 예산 문제로 하나님의 영광을 드러내기보다는 가리게 되는 교회들이 나타났고. 실제로 행정적 법적 제재를 받은 종교단체들이 많이 있다. 게다가 목사는 동료 목회자들과 외부 활동을 많이 해야 하는 직무적 특성이 있는데, 목사가 지역아동센터의 시설장을 하게 되면 상근을 해야 하니까 여기서 충돌이 일어난다. 실제로 관공서는 지역아동센터의 시설장인 목사가 목회 활동을 이유로 자리를 비우는 것을 인정하지 않는다. 그래서 문제가 되는 사례가 많이 있었다.

둘째, 공부방 공간을 종교 활동과 겸용으로 사용하는 것을 엄격히 금지하였다. 큰 교회가 되었건 작은 교회가 되었건 간에, 교회는 주일에 공간을 복합다기능 용도로 활용한다. 그런데 정부는 교회가 공부방을 운영할 경우, 반드시 전용공간을 확보하게 하였고, 일절 타용도로 사용하지 못하도록 감독하고 있다. 민간 입장에서 보면, 공용으로 활용하는 것이 보다 효율적이고 효과적이고 경제적인데, 정부는 설령 고비용 저효율이라 할지라도 전용공간을 확보하게 하고, 이것이 지켜지지 않으면 법적 제재를 가한다.

다행히 우리 교회는 교회 공간 규모에 비해 성도 수가 많지 않다 보니 공간적 여유가 많아서 정부가 요구하는 기준을 모두 맞추어 줄 수 있었다. 그러나 그렇지 못한 교회들 같은 경우, 주일 성도들의 종교 활동을 위해 공부방시설을 일부 사용하였다가 적발되어 행정조치를 당하자 교회 차원에서 성도들의 불만이 팽배해져서 공부방 운영을 중단하고 시설신고증을 지자체에 반납하는 사례들도 발생하였다.

또한, 개척교회가 운영하는 공부방의 경우, 전용공간을 확보하기가 현실적으로 어려워서 교회를 포기하고 공부방을 붙잡는 교회들도 많이 있다. 나는 교회가 건물 중심에서 사람 중심으로 전환되어야 한다고 생각하는 목사이기에 개척교회들이 건물로서의 교회를 포기하면서까지 공부방을 붙잡는 것에 대해, 당사자의 목회관이 뚜렷하다면 그것도 목회의 한 방법이라고 생각한다.

분명 교회로서는 불행한 흐름이기는 하지만, 나는 아마도 앞으로 건물로서의 교회 개념이 점점 약화될 수밖에 없을 것이라고 생각한다. 현재도 교인의 숫적 감소가 눈에 띄게 증가하고 거기에 더하여 우리 사회가 고령사회가 되면서 교회도 고령화가 되는 것을 피할 도리가 없다. 어쩌면 앞으로 교회가 가진 필요 이상의 건물이 교회의 발목을 잡게 되는 현상이 빚어질 것이다. 그런 점에서 한국 교회는 목회의 다양성에 대한 신학적 논거를 정립할 필요가 있고, 목회 현장이 필요로 하는 다양한 역량을 가진 목회자를 배출할 필요가 있다.

위에서 언급하였듯이, 조금 규모가 있는 교회들은 공부방을 운영하다가 포기를 하게 된다. 사실, 자가건물이 있는 교회들이야말로 공부방을 운영하기 가장 좋은 조건을 가졌다고 할 수 있다. 그럼에도 불구하고 운영을 하다가 중단하는 이유는 교회 건물 중 일정 면적을 이용 아동 수에 맞는 전용공간으로 만들어야 하고, 일주일에 한 번이라도 공부방 외의 목적으로 사용할 경우 행정 제재를 당하는데, 교회는 그렇게까지 하면서까지 공부방을 운영할 필요성을 느끼지 못하는 것이다. 명색이 남양주의 아동복지 출발점이 되었던 우리 교회도, 어떤 의미에서 공부방을 위한 최적으로 조건을 갖춘 우리 교회도 20여 년을 운영해 오던 공부방을 교회 밖으로 내보내고 더 이상 우리가 관여하지 않는다. 이유는 정부의 지침을 따르기가 너무 힘이 들고, 자칫하면 교회가 좋은 일 한다고 하면서 하나님의 영광을 가리는 상황이 발생하기 때문이다.

셋째, 기독교이건 어느 종교이건 간에 사회사업을 하는 근본 목적은 크게 두 가지이다. 하나는 이용자들을 전도하기 위한 것이고, 다른 하나는 사회를 보다 행복하게 하기 위함이다. 어느 종교이건 간에 사회를 섬김으로써 그 종교의 발전을 추구해 왔고, 결실을 많이 거두었다. 특히 기독교는 국가가 감당하지 못한 사회사업을 헌신적으로 수행해 왔다. 그런 점에서 한국 사회복지 역사와 근현대사의 발전에 기독교를 빼놓고 설명하는 것이 힘들다.

그런데 우리나라 경제가 급속도로 발전하면서 사회복지제도가 마련되고 사회복지시설에 국가 재정이 투입되면서 국가의 간섭이 지나치게 증가하기 시작하였다. 거기에다가 개인의 인권이 중요시되면서 교회가 복지시설을 운영할지라도 이용자들에게 종교 활동을 강요하지 못하게 한다. 교회 측은 강요가 아니라 권면을 하는 것이겠지만, 받아들이는 사람은 강요로 받아들일 수 있다.

실제로 사회복지 서비스는 제공받을지라도 종교 활동은 거부하거나 부정적인 이용자들이 증가하기 시작했고, 공공기관에 민원을 넣는 사례도 증가하기 시작했다. 그래서 국가나 지자체는 재정 지원을 하면서 동시에 복지시설에서의 종교 활동을 엄격하게 금지하기 시작했다. 특히 공부방의 경우, 아이들에게 교회에 나올 것을 권유하는 것도 금지하고 공부방에서 종교 프로그램을 운영하는 것도 금지하고 있다.

그러다 보니 공부방을 운영하는 교회가 직면한 딜레마는 공부방 운영을 포기할 것인가, 아니면 문자 그대로 복지사업만 할 것인가 하는 것이다. 그 과정에서 국가의 기준을 맞추지 못해 불명예스럽게 공부방을 그만두는 교회들도 늘어 갔고, 교회의 존엄을 지키기 위해 자발적으로 공부방 운영을 중단하는 교회들도 있다.

또 다른 문제는 학부모들의 민원 문제이다. 다른 분야도 마찬가지이지만, 사회복지시설은 이용자 및 보호자들의 민원으로 인해 어려움을 당하는 경우가 종종 발생한다. 물론 종사자들이 잘못해서 민원이 제기되기도 하지만, 자신이 바라는 것을 충분히 제공받지 못한다고 생각하거나 혹은 개인적인 악감정이 생겨 민원을 넣는 경우도 있다. 우리 교회도 그런 사례가 발생해서 많은 어려움을 겪었다. 그러다 보니 작은 교회의 경우, 별도의 전용공간을 확보하지 못하면 목회를 내려놓고 공부방 운영에 전념하거나 자가건물을 가진 교회의 경우 이런저런 민원이나 관공서의 지나친 제재를 받는 것이 용납이 안 되어 공부방 운영을 포기하기도 한다.

넷째, 초창기에는 지역아동센터를 이용할 수 있는 아동은 기본적으로 저소득층 가정의 아동들이었지만 맞벌이부부의 자녀들도 이용할 수 있었고, 일반가정의 자녀들도 이용할 수 있었다. 즉, 초창기 지역아동센터는 동네 아이들을 위한 작은 학교와 또 하나의 가정의 역할을 수행하였고, 그 중심에 교회가 있었다. 그런데 해가 갈수록 공부방을 이용할 수 있는 자격이 까다로워지더니 이제는 지역아동센터는 저소득층 가정의 자녀들, 발달장애 아동들, 다문화가정의 자녀들, 즉 사회적 취약계층의 자녀들이 이용하는 시설이 되었다. 정부의 지침이 그렇기 때문이다.

그리고 부모가 어린 자녀를 공부방에 보내려면 부모가 가난하다는 것을 증명해야 하고, 그 와중에 지역아동센터를 이용하는 아이들은 저소득층 가정의 자녀들로 낙인이 찍히는 것이다. 부모들은 자신들의 가난을 증명하는 것도 수치스럽지만, 자신의 자녀가 낙인찍히는 것을 매우 싫어한다. 그래서 지역아동센터만큼 충분한 돌봄 서비스를 제공하지 못하면서도 비용이 많이 들어가는 학교 방과후 프로그램을 이용하게 하거나 사설 학원을 보낸다.

목사이자 사회복지에 일가견이 있는 내가 생각할 때, 아동복지에 대한 현재의 제도는 분명 잘못된 방향으로 가고 있다. 더구나 출산율의 급감으로 국가의 존립에 대한 위기감도 고조되고 있는 것이 현실이다. 그래서 정부는 엄청난 예산을 쏟아부어 출산율을 증가시키려고 하지만 출산율은 점점 더 떨어지고 있다.

그런 점에서 우리나라는 부모의 경제력과 상관없이 아이들을 범국가적 차원으로 공동양육을 해야 한다고 생각한다. 그런 점에서 나는 국가가 노인장기요양보험제도와 같이 아동양육보험제도를 만들어 지역아동센터로 하여금 부모의 경제력과 상관없이 동네의 아이들을 돌볼 수 있게 해야 한다고 생각한다.

(3) 새로운 사각지대 발굴과 교회의 대응

현재 우리나라에는 학령기 아동들을 위한 방과후 돌봄시설이 많이 확충되어 있다고 할 수 있다. 그런데 문제는 학교에서나 어린이 방과후 시설에서 품어 주지 못하는 청소년들이 많이 발생하고 있다는 것이다. 그래서 학업 중도탈락의 가능성이 있거나 중도탈락한 청소년들을 케어해 줄 청소년복지시설이 절박하게 필요하다.

현재 우리나라에서 가장 취약한 사회복지 분야가 바로 청소년이다. 그렇기 때문에 아동청소년에 대한 비전이 있는 목회자라면 이미 포화상태이고, 목회적 기쁨과 보람을 얻기엔 정부의 간섭이 너무 심한 지역아동센터 운영에 교회가 뒤늦게 동참하기보다는 사회가 필요로 하지만 국가조차도 감당하지 못하는 청소년 분야의 돌봄사업에 관심을 가져 보는 것이 좋을 것이다.

예를 들면, 지역사회에서 학업 중도탈락 청소년들을 위한 대안학교를 운영한다든가, 상담사나 심리치료사가 되어 학교로 찾아가서 전문성을 발휘하는 것이 좋다고 본다. 이제는 목사나 전도사의 이름으로 학교, 복지관, 요양시설 등을 찾아가면 환영을 받지 못한다. 그러나 그런 기관들은 사회복지사나 상담사나 심리치료사를 필요로 하며, 프로그램을 진행할 때 소정의 강사료를 지급한다. 실제로 나는 음악치료사로서 지역사회의 초등학교나 중고등학교, 복지관이나 공공기관, 일반인들을 대상으로 음악치료 프로그램을 진행하기도 한다.

이때는 목사의 자격이 아니라 음악치료사의 자격으로 초빙을 받아 강사료를 받고 프로그램을 진행한다. 목사의 자격으로는 무료로 프로그램을 진행해 준다고 해도 받아 주지 않지만, 전문인의 자격을 갖추게 되면 전문가의 대우를 받으며 사람들을 만날 수 있는 것이다. 따라서 청소년 사역에 대한 비전이 있는 목회자라면, 신학과 더불어 상담학이나 심리치료학을 병행 공부하거나 복수전공하여 전문가의 자격을 취하고 임상능력을 갖추는 것이 좋다.

2) 노인복지 : 북부노인주간보호센터

2005년부터 동네의 어르신들을 섬기기 시작한 것이 2007년에 경기도에서
전국 최초로 시행한 치매 노인 볼돔을 위한 [은빛사랑채] 사업에 참여하여
2007년 10월에 [북부노인주간보호센터]를 개소하여 운영하였다.
남양주시에서 민간으로서는 처음으로 우리 교회가
경기도 공식 치매 노인 볼봄센터가 되었으며, 1년 뒤에는
노인장기요양보험제도가 전국적으로 시행되어 오늘에 이르고 있다.

우리 교회가 위치한 곳은 비교적 사람들의 접근성이 떨어지는 산자락 아래이다. 그런데 우리 교회보다 더 높은 위치에 보건지소가 있었다. 물론 하루에 몇 차례씩 셔틀버스가 운영되기는 했지만, 셔틀버스

를 놓치신 어르신들은 비포장 길을 걸어서 높은 곳에 있는 보건소를 가야 했다. 그런데 보건소를 이용하는 어르신들 중 우리 교회를 보건소로 착각하여 우리 교회로 들어오시거나, 보건소까지 올라가시는 것이 힘들어서 우리 교회 마당에서 잠시 쉬어 가시는 분들이 계셨다.

처음에 우리는 그런 어르신들을 위해 교회 마당에 벤치를 놓아 두기도 하였는데, 나중에는 교회 안에 들어오시게 해서 쉬어 가실 수 있게 해 드리거나 휴식을 취하는 동안 시원한 물, 따뜻한 물 한잔을 대접해 드리곤 했다. 그러다가 의료 침대 세 대와 안마매트를 준비하여 쉬게 해 드리고 아내가 수지침을 놓아 드리고 말벗을 해 드리기도 하였는데 이것이 우리 동네 어르신들을 섬기는 사역의 출발점이었고, 우리가 운영하는 북부노인주간보호센터의 시작이었다.

(1) 치매 어르신 돌봄 사역

치매 어르신 돌봄 문제가 점점 사회문제로 부각되기 시작했다. 이에 경기도에서는 2006년부터 지역사회에서 치매 어르신들과 그 부양자들을 돕기 위해 '은빛사랑채'라는 노인복지사업을 시작하면서 도내각 지자체로부터 그 수행기관을 모집했다. 자격요건으로는 노인복지관뿐만 아니라 자가건물을 가지고 있고 지역사회에서 사회복지 실적을 가진 종교단체도 포함시켰다.

그 당시만 하더라도 우리나라는 지금처럼 노인장기요양보험제도도 없었고, 지역사회에 치매 노인을 위한 복지시설이나 전문가도 거의 찾아보기 힘들었다. 그리고 정부나 지자체에서 지역사회 곳곳에 치매 노인시설을 확충할 재정적 여유가 없다 보니 일정한 조건을 갖춘 종교단체에도 해당 사업에 참여할 수 있는 길을 열어 놓았던 것이다.

우리 교회는 경기도가 규정한 자격요건을 충족시킬 수 있었기에 2007년에 은빛사랑채사업에 신청하여 선정이 되었다. 그래서 기능강화비를 지원받아 교회 1층을 어르신들을 위한 전용공간으로 리모델링하고 기존의 공부방은 교회 부속 건물로 옮겼다. 그리고 연간 운영비를 지원받아 직원들을 채용하여 지역사회의 치매 어르신들을 돌보아 드리는 사업을 시작하였다. 그 이듬해에는 국가에서 노인장기요양보험제도를 시행하게 되면서 현재의 노인장기요양기관 북부노인주간보호센터에 이르게 되었다.

우리 교회는 방과후 아동들을 돌보는 아동복지사업인 공부방과 마찬가지로 집에서 돌봄을 받지 못하는 치매 어르신들을 낮 동안 돌보아 드리는 노인주간보호사업 역시 국가가 제도적으로 시행하기에 앞서 지역사회의 필요를 미리 파악하고 선제적으로 시행하니까 뒤이어 국가가 법을 만들어 제도적으로 시행하게 되었던 것이다.

(2) 운영 재원

지역아동센터와 노인주간보호센터는 큰 틀에서 사회복지사업법에 따른다. 그러나 가장 큰 차이점은 지역아동센터는 운영 재원이 정부의 보조금으로 운영되지만, 노인장기요양기관은 병원이나 의원처럼 이용자가 이용한 만큼 재원이 지원된다. 즉, 공부방은 기본 운영비가 국가 재정으로 보장이 되는 반면에 노인장기요양기관은 잘 운영하여 수익을 발생시켜야만 유지되는 구조이다. 한 마디로 노인장기요양사업은 병의원의 운영원리와 같다. 병의원이 환자들을 치료해 주고 의료보험수가와 본인부담비를 받아 병원을 운영하듯이, 노인장기요양기관도 법률에 따른 요양 서비스를 제공하고 노인장기요양보험수가와 본인부담비로 운영을 하는 것이다.

또한 보조금을 받아 운영하는 사회복지시설은 정해진 연간 예산에 맞춰 운영을 해야 한다. 예산이 부족해도 안 되고 남아서도 안 된다. 혹시 예산이 남으면 해당 지자체에 반납을 해야 한다. 그러나 장기요양기관은 정부의 보조금으로 운영되는 것이 아니라 요양사업 수익으로 운영되는 것이다. 그러기에 운영이 잘 안 되어 재정적자가 나도 정부에서는 적자를 전혀 보전해 주지 않는다. 운영자가 재정적자를 책임져야 한다. 재정적자가 나도 이용자들에게는 법률에 정해져 있는 요양 서비스를 제공해 주어야 하고, 직원들에게는 노동법에 따른 처우를 계속해 주어야 한다.

반면에 기관이 운영을 잘하면 사업 수익이 발생하는데, 이를 국가에 반납할 의무가 없다. 사업 수익으로 시설을 보강하거나 확장할 수도 있고, 종사자들의 처우를 보다 잘해 줄 수도 있고, 지역사회를 보다 잘 섬길 수도 있고, 적립해 놓을 수도 있다. 다만, 운영자가 임의로 사업 수익을 마음대로 사용할 수 없다. 사회복지사업법에 따른 재무회계규칙에 맞게 재정 집행을 해야 하며, 해당 지자체에 예결산을 승인받아야 한다. 공부방사업과 마찬가지로 노인장기요양사업도 운영자나 종사자가 전문성을 가지고 있지 않으면 안 된다.

(3) 종교 활동의 제약과 새로운 가능성

노인장기요양기관에서도 운영자가 이용자나 종사자들에게 종교 활동을 강요해서는 안 된다. 다만, 프로그램 차원에서 이용자에게 종교 활동 여부를 물어보고 이용자가 동의하면 종교 프로그램을 시행할 수 있다. 그렇게 하는 것은 인권법에 따라 자기결정권을 존중해 주기 위한 것이다.

대부분의 노인요양시설이 마찬가지인데, 이용 어르신들 중에 상당수가 신앙인들이며, 교회에서 중직을 맡으셨던 분들도 계신다. 그분들은 평생 신앙생활을 해 오셨고, 교회를 위해 봉사와 헌신을 많이 해 오셨던 분들이다. 그러나 그분들이 치매라든가 노인성 질환을 앓게 되면 한평생을 바쳤던 교회와도 분리되면서 주일예배에도 참석하지 못하시게 된다. 그런 어르신들 중에는 자식들 얼굴을 못 보는 것보다도 교회에 가서 예배를 드리지 못하는 것을 더 속상해하시는 분들도 계신다.

또한 센터를 이용하시는 어르신들은 종교 유무와 상관없이 곧 눈앞의 현실이 될 죽음에 대한 생각들을 많이 하고 계신다. 그래서 나는 일주일 중 한 번은 음악치료 프로그램으로, 한 번은 예배 프로그램으로 어르신들을 섬기는데, 어르신들이 좋아하던 가요를 부르다가도 삶과 죽음을 화제로 대화를 나누다가 기도를 해 드린다고 하면 거의 모든 어르신들이 좋아하신다. 남은 생의 행복과 천국에서의 영생과 후손들의 축복을 위해 기도해 드리면 모두 아멘으로 응답하신다. 그런 과정을 거치면서 나는 우리 센터를 나오시는 모든 어르신들이 주님을 영접하게 해 드렸다.

우리 교회가 지역아동센터를 운영할 때, 처음에는 목회적 보람과 기쁨을 누릴 수 있었다. 전혀 기대하지 않았지만 국가로부터 재정 지원을 받으면서 현실적으로 교회를 유지하고 운영하는 데도 힘이 되었다. 그러나 해가 갈수록 운영에 대한 관련 지침이 엄격해지면서 목회적 보람과 기쁨 대신 불안과 부담이 주는 심리적 압박이 심했다. 또한 나이가 들어가면서 아이들과 아이들 부모의 욕구를 채워 주는 것이 점점 더 힘들어졌다. 그러나 노인주간보호센터를 통해서는 목회적 보람과 기쁨을 많이 누리고 있다.

나에게도 청년 시절이 있었고, 남 못지않은 지성과 감성과 영성을 소유하고 있다고 생각하면서 다음 세대 사역에 대한 비전이 있었다. 하지만 이제는 중년을 넘어 노년으로 진입해 가는 중에 있는 목회자이다. 나는 천성적으로 아이들을 좋아하지만, 내가 아이들에게 제공해 주는 것이 아이들에게는 크게 도움이 되지 않을 때가 많았다. 그러나 내가 어르신들에게 제공해 드리는 돌봄 서비스는 어르신들이 참 좋아하시고, 나 역시 목회적으로 큰 보람과 기쁨을 누리고 있다. 그러면서 목회자가 자신의 신체적 정신적 역량을 빨리 깨달아 자신의 역량에 맞는 사역을 하는 것이 중요하다는 것을 깨닫게 되었다.

(4) 어르신들의 소울 메이트

센터를 이용하시는 어르신들은 치매를 비롯하여 노인성 질환으로 혼자서 일상생활을 영위할 수 없는 분들로서, 노인장기요양보험공단으로부터 요양인정 등급을 받으신 분들이다. 등급을 받게 되면 어르신들은 어르신이 계시는 집으로 찾아와서 제공해 주는 방문요양, 방문목욕, 방문간호 서비스라든가, 일명 노치원이라고 불리우는 노인주야간보호센터에 아침에 가서 저녁때까지 있으면서 제공받는 요양 서비스, 생활시설인 요양원에 입소하셔서 돌아가실 때까지 요양 서비스를 받으실 수 있다.

각 시설에는 관련 종사자들이 법률에 정해진 바에 따라 이용 인원 수에 따라 전문 직원들이 배치되어 있어 관련 서비스를 제공하는데, 나는 시설장으로서 운영 전반을 책임지고 있다. 그런데 나는 일반 시설장들과 달리 어르신들의 소울 메이트 역할도 하고 있는데, 이를 통해 목회적으로 매우 큰 보람을 느끼고 있다. 우리 센터를 이용하시는 어르신들 중엔 장로님도 권사님도 집사님도 계신다. 그런데 그분들은 아프시게 되면서부터 평생을 다니시며 헌신해 오셨던 교회를 못 다니신다. 그래도 아직 인지가 조금 남아 있으신 분들은 교회를 못 나가시는 것을 가슴 아파하시거나 당신이 어느 교회 장로였다 권사였다 하시며 여전히 자부심을 가지고 계신다.

그런데 목회자의 한 사람으로서, 참으로 가슴이 아프고 유감스러운 것이 있다. 아무리 과거에 교회에서 봉사와 헌신을 많이 하셨던 성도라 할지라도 치매에 걸리시거나 노인성 질환으로 교회를 다니시지 못하게 되면, 그분은 교회에서 잊혀졌거나 잊혀져 가고 있는 존재가 된다는 것이다. 우리는 현재 15년째 주간보호센터를 운영하고 있는데, 어느 교회도 평생을 장로로, 권사로, 집사로 교회를 위해 헌신하고 충성스럽게 봉사하셨지만 치매에 걸려 교회에 나오지 못하고 주간보호센터를 이용하는 성도를 심방하러 오는 교회가 없었다. 나는 그걸 보면서 한국 교회가 참으로 매정하고 냉정한 곳이구나 하는 생각을 하게 되었다.

또 어르신들 중 젊은 시절에는 신앙생활을 하셨으나 신앙을 떠나신 지 오래되신 분들도 계시고, 타종교를 가졌거나 아무 종교를 가지지 않으신 어르신들도 계시다. 그러나 신앙인이건 비신앙인이건 간에 어르신들이 공통적으로 직면해 있는 것이 바로 곧 죽음을 경험하게 된다는 것이고, 그 죽음이 주는 불안과 두려움이 있다는 것이다.

앞서 말했듯이, 사회복지시설에서 이용자들을 대상으로 종교 행위를 강요하는 것은 법적으로 금지되지만, 자기결정권에 따라 참여의사를 밝히면 종교 활동을 할 수 있다. 그래서 우리는 일주일에 한 번씩 예배를 드리는데, 신앙생활을 해 오셨던 어르신들뿐만 아니라 교회를 떠났거나 교회를 다니지 않으셨던 어르신들도 자발적 의사에 따라 예배에 참여를 하신다.

이때 나는 예배를 인도하면서 어르신들의 신체적 심리적 영적 욕구를 반영해 드리는데, 어르신들이 참 좋아하시면서 아멘으로 화답을 잘 하신다. 특히, 어르신들이 맞게 될 죽음의 순간과 그 이후의 삶을 신앙적으로 말씀을 전해 드릴 때, 어르신들은 아멘으로 화답하신다. 또한 어르신들과 후손들을 위하여 간절하게 기도해 드리면 어르신들도 간절하게 아멘으로 화답하신다.

결과적으로 우리 센터를 이용하시는 어르신들은 거의 대부분 신앙고백을 하셨다. 그런 우리는 어르신들의 소울 메이트라고 할 수 있다. 이 부분은 우리가 노인복지 사역을 하면서 목회적으로 가장 큰 보람을 느끼는 부분이다. 아마도 하나님께서 우리의 이런 사역을 참으로 기뻐하시고 칭찬해 주시지 않을까 싶다.

한국 교회는 베이비붐 시대 때는 보육시설을 많이 운영했었다. 그런데 지금은 고령사회를 넘어 초고령사회를 향해 숨가쁘게 나아가고 있다. 그러면 이제 교회의 사역 방향도 고령인구를 위한 사역으로 전환시킬 필요가 있는 것이다. 앞에서 말했지만, 베이비붐 시대 때 한국 교회는 목회적 사명감을 가지고 보육시설을 많이 운영했는데, 고령사회는 그 열심을 가지고 고령인구를 돌보는 시설을 운영해야 한다.

(5) 일자리를 창출하는 교회

우리 교회는 주일보다도 평일이 더 바쁜 교회로서, 명절만 제외하고 항상 문이 열려 있다. 공부방까지 운영했을 때는 동네 아이들 30여 명, 동네 어르신들 30여 명, 이들을 케어하는 직원들과 드나드는 강사진들이 30여 명이었고, 교회는 거의 매일 이들이 빚어내는 다양한 소리로 가득하다. 초창기 규모가 작을 때는 주로 우리 부부가 전담하여 감당할 수밖에 없었으나 규모가 커져 매일매일 역동적인 교회의 기관들을 유지하고 운영하려면 전문적으로 매달려 일을 할 사람들이 필요했다.

이제는 사회복지시설도 주먹구구식이나 교회 운영하듯이 은혜로 운영을 해서는 안 된다. 교회들이 행정기관으로부터 제재를 받는 사례들이 무척 많은데, 그 이유는 대부분 주먹구구식으로 운영을 하거나 잘못된 은혜관을 가지고 운영하기 때문이다.

우리 교회는 남보다 먼저 사회복지사업을 하다 보니 시행착오도 많이 겪었고 그러면서 공무원들과 함께 기준을 만들어 가는 과정 속에서 행정이나 재정이나 인력 운영에 관한 전문성을 많이 쌓을 수 있었다. 그래서 후발주자들이 컨설팅을 요청해 오면 기꺼이 필요로 한 지식과 정보를 제공해 주고 있다. 그런데 참으로 아쉬운 것은 목회자들은 남이 힘들여 쌓은 것을 너무 손쉽게 얻으려고 하는 경향이 있다는 것이다. 다른 사람이 힘들여 쌓은 전문성을 대가를 치르지 않고 쉽게 얻는 것을 은혜로 여기는 목회자들이 많고, 공짜 세미나를 좋아하는 목회자들이 많이 있다.

예를 들면, 본인이 어느 교회에 가서 말씀을 전하고 생각보다 많은 사례를 받으면 은혜를 받았다고 하고, 다른 사람으로부터 그의 전문성을 자신이 제공받을 때는 무료로 제공받는 것을 은혜로 여기는 경향이 있다는 것이다. 그런데 그렇게 쉽게 남의 전문성을 얻으려고 하는 사람치고 그 일을 사명감을 가지고 하는 사람은 드문 것 같다.

아동복지가 되었건 노인복지가 되었건 간에 사회복지는 목사가 얻고자 하는 것을 얻기 위한 수단으로 여기고 접근하면 날마다 지옥을 경험하게 된다. 또한 그런 사람은 롱런하기 힘들다. 그러나 한 사람을 섬기는 것을 목적으로 삼고 남보다 더 많이 공부하고 남보다 더 많이 노력하며, 남보다 2% 덜 얻고 남보다 2% 더 쓸 수 있는 사람은 날마다 천국을 경험하면서 목회적 기쁨과 보람을 누릴 수 있고 롱런하게 된다.

그리고 재정에 대한 개념이 부족하여 사회복지사업을 하면서 국가 예산을 너무 쉽게 생각하여 문제가 발생하는 사례가 많이 있다. 사회복지사업을 하려면 재정 집행에 대해 매우 엄격한 기준을 가지고 있어야 한다. 사회복지 예산은 100원 집행한 것을 정산하기 위해 100원 이상도 사용한다. 그리고 인력이나 재정을 규정에 어긋나게 운용을 하면 언젠간 반드시 밝혀지게 되고, 그때는 수습이 힘들어지게 된다. 수익이 난다고 해서 교회 재정에 편입시킬 수도 없다. 우리는 이 재정관리가 너무 힘들어서 아예 회계법인에 외주를 주어 관리하게 한다. 그 이유는 재정문제로 하나님의 영광을 가리면 안 된다고 생각하기 때문이다.

암튼, 우리 교회는 웬만한 대형 교회보다도 더 매일매일 사역의 역동성이 넘쳐나는데, 이를 위해서는 정부가 정해 놓은 인력 기준에 부합한 전문가들이 투입되어야 한다. 현재 우리 교회는 사회복지사, 간호조무사, 요양보호사, 사무행정요원, 운전요원 등 상근직원들만 15명 내외이며, 외부 프로그램의 강사들까지 합치면 20명이 넘기도 한다. 이들은 모두 자원봉사자들이 아니다. 법정 급여기준에 따라 급여를 제공해 준다. 여기에 우리만의 원칙이 있다. 급여를 남보다 덜 주는 것이 아니라 남보다 만 원이라도 더 준다는 원칙이다.

물론 전통적으로 교회는 성도들의 헌금과 재능과 노력봉사로 교회 운영과 선교와 사회사업을 해 왔는데, 앞으로 그 정신을 놓치지 말아야 할 것이다. 그러나 현대사회는 사람들이 자신의 삶을 감당하는 것조차 점점 힘들어지는 사회이다. 성도들의 삶이 어려워지고 힘들어지는 것은 곧 교회가 어려워지고 힘들어지는 결과로 나타난다. 그런 가운데 애초에 내가 의도한 바는 아니지만, 시대가 변하면서 사회적 약자를 돌보는 시설을 운영하면서 지역주민들에게 일자리를 만들어 줄 수 있게 되었는데, 이 또한 하나님의 은혜가 아닌가 생각한다.

처음엔 나의 신앙관과 목회 철학을 따라 지역아동센터와 노인주간보호센터 직원들이 한 신앙 안에서 한 교회를 섬기는 것을 원칙으로 하였다. 그래서 채용 과정에 면접을 보면서 그 사실을 반드시 확인을 하고 동의하는 자를 채용하였다. 그러나 두 가지 측면에서 이 원칙을 버리기로 하였다.

첫째, 믿음 좋은 것과 일 잘 하는 것은 별개의 문제라는 것이다. 주일에는 목사와 성도의 관계로, 주중에는 오너와 직원의 관계로 만나게 되는데 이러한 이중적 관계성을 은혜스럽고 덕스럽게 유지하기가 힘들었다. 또 믿음은 좋지만 아이들과 어르신들을 돌보는 역량이라든가 동료와의 협력성이 부족해서 서로를 힘들게 하는 경우도 있었다. 예를 들어, 교회에 가야 한다고 하면서 정작 자신이 해야 할 업무를 소홀히 한다든가 동료에게 떠넘기는 자칭 믿음이 좋은 직원이 있다. 그런 직원은 자기가 다니는 교회에서는 필요로 할지 몰라도 자기에게 월급을 주는 직장에서는 필요가 없는 것이다.

나는 믿음이 좋다는 사람이 가진 직장과 직업에 대한 잘못된 가치관은 교회 지도자들, 특히 목회자들의 잘못된 가르침 때문이라고 생각한다. 지금 시대는 목사가 성도들에게 직장이나 사업장에서 다른 동료들보다 더 많이 수고하고 더 많이 섬기라고 가르쳐야 한다. 암튼, 나는 채용 조건에서 기독교 신앙 유무와 교회 출석 유무를 없애고 인간성이라든가 직무적 역량을 보고 채용하게 되었다.

둘째, 정부는 이용자들에게 종교 강요를 금하게 하면서 동시에 종사자들에게도 마찬가지의 기준으로 감독하고 있다. 그래서 채용 과정에서나 근무 중에 직원들이 동의하지 않는 종교와 종교 활동을 강요한 것 때문에 신고를 당하게 되면, 법적 행정적 책임을 지게 된다. 사회사업에 필요한 자원을 교회가 100% 충당해서 한다면 모르지만, 공적 자원을 조금이라도 지원받는다면 교회도 정부의 법률을 따라야 한다.

그러나 법적으로 금해서라기보다는 교회 성장을 위해 직원들이나 이용자들을 수단화하고 대상화하는 것 자체가 은혜와 덕을 잃어버리기 쉽다는 것이다. 그래서 나의 신념과 철학을 내려놓게 되었다.

감사한 것은 우리 직원들은 거의 대부분 장기근속자들이고, 센터 또한 지역사회에서 모범적으로 운영을 잘하는 센터로 자리매김되어 있고, 그래서 매우 안정적으로 운영되고 있다. 그것이 결과적으로 직원들이 교회를 돕는 셈이 되었고, 교회가 지역사회에 영향력을 행사할 수 있게 되었다.

나는 내가 하나님께 약하고 어려운 사람들을 돕는 목회를 하겠다고 서원했기 때문에 교회를 개척했을 때 사회복지에 대해 잘 모르면서도 사회복지 사역을 했다. 그리고 사회복지사업을 해서 교회가 든든하게 세워지리라고는 전혀 기대를 하지 않았다. 그런데 나라에 없던 법과 제도도 생기고 없던 길도 열리면서 우리가 해 오던 섬김 사역이 정당한 수익을 내고 정당한 보수를 받는 전문직업이 되었다. 결과적으로 어려운 이웃을 돕는 교회가 되려고 했는데, 하나님은 그 어려운 이웃을 통해 우리 교회를 든든하게 세우셨다.

오늘날 한국 교회는 양적으로 마이너스 성장을 하고 있으며, 그에 따라 교회의 재정 건전성도 많이 나빠지고 있다. 대단히 불행스럽게도 금융권에서 블루오션으로 보던 중대형 교회들도 건축으로 인한 채무를 감당하지 못해 경매 처분되거나 이단 교회로 팔리는 일이 심심치 않게 일어나고 있다. 그래서 이제 금융권은 교회를 대출 기피대상으로 여기기도 한다.

더 큰 문제는 한국 교회 80% 이상이 미자립 교회라고 하는데, '한번 미자립은 영원한 미자립이다.'라는 서글픈 말도 회자되고 있는 것이 현실이라는 것이다. 요즘은 미자립 교회라는 단어가 어감이 좋지 않아 미래자립 교회로 부르는데, 나는 목회자 부부가 이중직을 가질 때 그나마 재정적으로 자립할 가능성이 있다고 생각한다.

감사하게도 우리 해빌리지 살렘교회는 미자립 교회에서 자립 교회가 되었고, 지원받는 교회에서 지원하는 교회가 되었다. 이것은 첫째로는 하나님의 은혜이지만, 둘째로는 우리가 그 은혜를 붙잡고 있는 데만 그치지 않고 사회가 필요로 하지만 사람들과 교회들이 하지 않는 일, 즉 사회에서도 교회에서도 설 자리를 잃어버리신 어르신들을 품어 드린 결과라고 할 수 있다.

나는 나름 한국 교회에서 엘리트 목사 그룹에 속하는 목사이다. 그렇지만 나는 목회 현장에서 어르신들의 재롱둥이 아들 역할, 교회 이곳저곳을 관리하고 가꾸는 마당쇠 역할을 마다하지 않는다. 나 같은 죄인을 불러 주시고 사용해 주시는 하나님의 은혜가 너무 감사하기 때문이기도 하고, 그런 마음가짐을 현실 속에서 실천하는 것을 하나님께서 기쁘게 여기셔서 자립하는 교회, 지원하는 교회가 되게 하셨다고 생각한다.

코로나19 이후, 큰 교회 작은 교회 할 것 없이 모든 교회들이 재정적으로 큰 위기를 겪고 있다. 그래서 외부 지원도 줄이고 교역자도 줄이면서 재정지출을 줄이고 있다. 그렇게 해서라도 교회가 생존할 수 있으면 다행이지만, 견디지 못하고 쓰러지는 교회들이 나오지 않을까 염려하게 된다. 우리 교회는 기본적으로 성도들의 헌금 의존도가 매우 낮다. 그리고 담임목사인 나는 교회로부터 사례비를 일절 받지 않는다. 성도들의 헌금은 교회 유지와 부교역자 사례와 국내와 해외 선교 현장을 지원하는 데 모두 사용되기 때문이다.

나는 이 사실이 자랑스럽지도 않고 부끄럽지도 않다. 목사가 목회를 잘해서 성도들이 많아지고 또 성도들이 헌금을 넉넉하게 해서 교회 재정이 넘치고, 성도들이 목사 처우를 잘해 줘서 평안하게 살고 있다고 하는 것이 더 자랑스러울 것이다. 그러나 성도들은 힘들고 어려운 가운데서도 최선을 다해 헌금을 하고, 목사인 나는 하나님께서 주신 은사들을 잘 활용해 자비량 목회를 할 수 있고, 교회에 채무가 많이 있지만 있는 힘을 다해 지역사회와 해외 선교 현장을 조금씩이라도 지원할 수 있으니 감사할 따름이다.

게다가 우리 교회는 코로나19라는 위중한 상황 가운데서도 외부 지원비를 더 늘렸다. 우리 교회 이야기를 저술하고 있는 중에 모교에서 후원을 해 달라는 요청이 들어왔다. 나는 총신대학교 신학과 23회, 신대원 89회 졸업생으로서 모교에 대한 애증의 마음이 있다. 그러나 미움의 마음은 내려놓고 사랑하는 마음을 품고 교회 성도들과 의논하여 매월 일정액을 후원하기로 하였다. 우리 교회가 그렇게 할 수 있어서 참 감사하다.

많은 사람들이 사회복지 재정을 잘 이해하지 못하는데, 크게 두 가지로 나눌 수 있다. 하나는 사회복지 예산 중에 보조금이 있다. 보조금을 받아 운영하는 복지시설은 사회복지 재무회계규칙에 따라 보조금을 남겨서도 안 되고 부족해도 안 된다. 통장에 이자가 몇 십 원이 붙어도 그 몇 십 원을 지자체에 반납해야 한다. 또 국가는 예산을 쓰고도 남을 만큼 주는 것이 아니라 항상 부족하게 주고 부족한 부분은 운영법인이나 운영자가 채우거나 후원을 개발해서 충당하게 한다.

그리고 지자체는 복지시설이 예산집행과 관련하여 부정행위를 했을 때, 경중에 따라 형사고발 조치도 한다. 앞에서 언급하였지만, 아동복지와 노인요양사업을 하는 목회자들 가운데 시설운영이나 재정운영에 부정이 발견되어 법적, 행정적 조처를 당한 사람들이 많이 있다. 교회의 운영난 혹은 재정난 타개를 위한 목적으로 사회복지사업을 하면 십중팔구 실패하게 된다는 것을 기억해야 한다. 하물며 이젠 교회 부흥을 위한 수단으로도 사회복지사업을 하면 안 된다. 그렇게 교회와 목회자의 이기적인 생각으로 사회복지에 접근하면 날마다 지옥을 경험하게 된다.

반면에 예수님의 성육신 정신과 자기 비움 정신에 따라 사회적 약자를 섬기고 싶은 마음을 가지거나 수익은 남보다 2% 덜 내고 지출은 남보다 2% 더 할 용기가 생기고, 이용 아동이나 어르신들과 보호자들로부터 수모를 당하면서도 품어 줄 수 있다면 사회복지사업을 하는 것이 좋다. 그런 사람은 날마다 천국을 경험하게 된다. 그만큼 사회복지 재정은 천국과 지옥을 경험하게 하는 양면성을 가지고 있다.

다른 하나는 보험수가이다. 예를 들면, 민간 병의원의 예를 들어 보자. 우리나라는 건강보험제도를 통해 국민들로 하여금 소정의 건강보험료를 납부하게 하고 질환이나 질병이 발생했을 때 병의원을 찾아 치료 및 처치를 받으면 전체 의료비용 중 소득수준에 따라 병원에 일정 비율의 본인부담비를 낸다. 나머지 부분은 병원이 건강보험공단으로부터 의료수가를 지급받아 병원을 운영하고 사회사업도 하고, 병원을 확장하기도 한다. 그러나 운영을 잘하지 못해 적자가 나면 국가에서 병의원에 적자를 보전해 주지 않는다. 그것은 오로지 해당 병의원 운영자의 몫이다.

노인장기요양기관의 운영원리는 병의원의 운영원리와 거의 같다. 시설도 운영자가 마련해야 하고 종사자들에 대한 처우도 노동법에 따라 처우해 줘야 하고, 이용자들에겐 노인장기요양법에 따른 요양 서비스를 제공해 주어야 한다. 적자가 발생할 때도 그 적자는 오롯이 운영자의 몫이다. 수익이 발생하더라도 그 수익을 운영자가 임의로 사용할 수 없다. 재무회계규칙에 맞게 집행을 해야 하는데, 이를 잘 감당하기 위해서는 운영자가 정말 사회사업에 대한 전문성과 윤리성을 가져야 한다.

솔직히 말해서, 우리 교회는 성도들의 헌금으로 교회가 생존하고 성장한 것이 아니라 국가가 그동안 없던 법을 만들어서까지 우리 교회가 선구적으로 해 온 사회사업들이 본 궤도에 오르게 하고 소요되는 재정을 지원해 주었다. 그 과정에서 국가가 제도적 기반을 마련혜 주기 전까지는 문자 그대로 헌신과 봉사의 정신으로 운영을 했는데, 국가가 우리 교회가 해 오던 사회복지 사역을 제도화시키니까 신앙적 사명에 따른 봉사 사역의 범위를 벗어나 전문가적 사명과 지식과 기술을 발휘해야 하는 사회사업이 되었고, 이를 통해 수익을 발생시켜야 하게 되었다.

미래자립 교회 목회자들이나 사모는 목회적 사명을 감당하기 위해서라도 최소한 가정생활을 할 수 있기 위해 일을 한다. 이젠 웬만한 교단들도 목회자의 이중직을 허용했고, 또 포스트 코로나19 시대는 목회자 스스로 자신의 생활비를 벌어야 살아남을 수 있게 되었다. 그래서 IMF 이후, 택시운전이나 대리운전 같은 일을 하는 목회자들이 많다는 말을 자주 들어왔는데, 요즘은 택배라든가 편의점, 배달 아르바이트, 막노동, 자영업 등 다양한 영역의 일들을 많이 하고 있다.

아직도 전통적인 목회관을 가지고 있는 목회자들이나 성도들은 목회자 부부가 먹고살기 위해 세속 일을 한다는 것을 탐탁지 않게 생각할 것이다. 또 목회자 부부도 평생 후원을 받아 살지언정 목사가 먹고살기 위해 목회가 아닌 직업적 일을 해서는 안 된다고 생각하는 사람들도 있을 것이다. 그러나 나는 그렇게 생각하지 않는다. 오히려, 주님은 자신의 삶을 책임지기 위해 무슨 일이라도 하는 목회자 부부를 기뻐하시면서 응원해 주실 것이라고 믿는다.

나는 개척 후 25년의 세월이 흐를 때까지 우리 교회의 담임목사로 사역하는 동안 교회를 사랑하고 성도들을 사랑하기 때문에 쓸데없는 지출을 줄이기 위해 노력했고, 허드렛일도 마다하지 않았고, 치매 어르신들로부터 무자비한 욕설을 들으면서도 웃으면서 품어 드릴 수 있었다.

나는 목사가 교회와 가정을 위해서 목회와 일을 양립하는 목사는 더 이상 이상한 목사가 아니라 지극히 상식적이고 정상적이며, 주님의 은혜를 더욱 풍성하게 하는 목사라고 생각한다. 재정난으로 교회를 버리고 목회를 포기하는 것보다는 노동 현장에서 먼지를 뒤집어쓰고 일을 해서 돈을 벌더라도 교회를 살리고 목회를 하는 것이 더 목사다운 목사라고 생각한다. 다만, 나는 목사가 일을 하더라도 사람을 직접적으로 돕는 일이 더 목회적이지 않는가 하는 생각을 한다.

나의 경우, 나는 목사이면서 사회복지사요 음악치료사로서 사회적 약자를 돕고 치료하는 전문가이다. 물론 모든 목사가 나와 같기를 바라는 것은 아니다. 하나님께서 각자에게 주신 은사를 적극적으로 활용하되, 기왕이면 사람을 직접적으로 돌볼 수 있는 일이 목회적으로 더 의미 있는 일이라고 생각하는 것이다.

물론 운전, 배달, 판매와 같은 일이나 노동 현장에서 일을 해서 나의 정직한 노동의 댓가로 가정을 책임지면서 교회를 지켜 나가는 것도 정말 귀하다. 하지만, 목회자 부부의 사람을 위한 사명을 생각할 때, 목회자 부부가 사회복지나 심리치료나 교육이나 문화예술 분야에서 사람을 품고 사람을 지지하고 지원하는 일을 하면서 전문가로서 소득을 올리고 동시에 목회적 정신을 구현하는 것이 더 낫지 않을까 생각한다.

사실 우리는 공부방을 운영하면서 국가에서 지원되는 보조금이 교회를 지키고 생존하는데 큰 도움이 되었었다. 보조금 중 인건비 항목이 있었는데, 일반 직장인의 급여와는 비교할 수 없을 정도로 적은 금액이었지만, 그래도 그것이 우리 가정과 교회의 최소한의 생존을 가능하게 해 주었다. 그러나 마음 한구석에 큰 부담이 되었던 것은 인건비마저 공부방을 위해 다시 내어놓아야 하지 않는가 하는 것이었다. 그러나 부담을 떨쳐 버릴 수 있었던 것은 국가가 요구하는 수준과 조건 이상으로 공부방을 열심히 잘 운영했었기 때문이다. 내가 국민의 세금을 축낸다는 생각을 했었더라면 마음이 괴로웠을 텐데, 오히려 국가가 해야 할 일을 우리가 받는 보상 이상으로 헌신한다는 생각을 하게 되어 마음의 부담을 덜어 버릴 수 있었다.

그런데 노인주간보호센터를 운영하면서부터는 재정문제와 관련하여 또 새로운 국면이 전개되었다. 위에서 말했듯이, 노인장기요양기관은 병원처럼 수익을 발생시켜야만 운영이 가능한 구조였기 때문이다. 감사하게도 우리 교회는 노인장기요양보험제도가 운영되기 전 경기도와 남양주시로부터 시설 리모델링 비용과 운영비품 구입비용, 사업 운영비를 제공받았었기 때문에 지금처럼 막대한 초기비용이 들어가지 않았다.

그러나 이듬해부터 요양보험제도가 전국적으로 시행되면서 우리나라에 우후죽순처럼 요양기관들이 생기면서 치열한 경쟁을 하게 되었다. 우리는 몇 년이 지나면서 우리 센터는 노인장기요양보험공단과 치매 노인돌봄 관련 시범사업도 같이하게 되고, 공중파 방송 뉴스 시간에도 소개되는 등 모범적이고 안정적 운영을 하고 있었다.

직원들도 거의 대부분 장기근속을 하고 있고, 또 서비스와 프로그램의 양적, 질적 향상을 위해 꾸준히 노력하다 보니 어르신들의 센터 이용율도 높았다. 그러면서 센터는 재정상태도 비교적 안정을 누리면서 해마다 재정수입이 증가하여 시설 확장도 하게 되었고, 우리의 급여 수입도 증가되었고, 지역사회의 자원을 빨아들이는 블랙홀이 아니라 도리어 축복의 통로가 되어 지역사회를 인적, 물적, 재정적으로 지원할 수 있게 되었다.

이 말은 센터의 재정을 교회 재정으로 쓴다는 것이 아니다. 센터 예산 역시 공적 자원으로 마련된 것이기 때문에 사회복지 재무회계 규칙에 따라 집행을 해 왔다는 것이다. 앞에서 말했듯이, 우리가 재정 관련 업무를 외부 회계법인에 외주를 주는 이유는 재정문제로 하나님의 영광을 가리기 싫었기 때문이다.

참으로 감사한 것은 동네 아이들을 섬기는 것과 마찬가지로, 동네 어르신들을 섬길 필요가 있어서 국가의 아무런 지원도 없는 가운데서도 동네 어르신들을 섬긴 것이 교회적으로 개인적으로 물질의 축복을 받게 되었다는 것이다. 외람된 말이지만, 현재 우리 교회는 작지만 강하고 풍요로운 교회라고 할 수 있다. 그리고 우리 가정 또한 교회 개척 이후 한번도 사례비를 받은 적이 없지만, 사회복지 전문가로서 받는 급여와 음악치료 강사로서 받는 강사비 등으로 안정적이면서 여유로운 생활을 하면서 도리어 교회와 지역사회에 기여를 하고 있다. 한마디로 어르신을 잘 섬기려고 노력을 하니 하나님께서 복을 주신 것이다.

3) 지역복지

우리 교회는 남양주시에 있어서 아동복지와 노인복지에 있어서 선구자적 역할을 한 교회일 뿐만 아니라, 나는 남양주시 전역의 복지사업 전반을 주관하는 복지계의 브레인 중 한 명으로 활동을 하면서 남양주시 복지 발전의 견인차 역할을 해 왔다. 나는 이러한 활동을 남양주시 전체를 목양지로 삼는 목회였다고 생각한다.

나는 남양주시 전체의 복지를 아우르는 민관복지협의체의 실무위원장으로
활동하게 되었고, 우리 교회는 남양주시 전체를 품는 교회가 되었다.

(1) 기독교세계관 관점에서 지역사회의 의미

한국 교회의 고질적인 문제 중의 하나는 교회와 사회에 대한 이원론적
사고라고 할 수 있다. 한국 교회, 특히 보수신학을 가진 목회자들 중 많
은 이들이 아직도 이원론적 세계관에 따라 교회는 거룩하고 세상은 세
속적이기 때문에 교회는 세상과 구별되어야 한다고 말하면서 목사는 세
상과 거리를 두는 것이 좋다고 한다. 그러면서 목회를 교회 안의 사역에
국한시키고, 사회복지라든가 지역사회의 다양한 기관이나 조직에서 활
동하는 것은 목회가 아니라고 생각하는 경향이 있다.

그러나 기독교의 세계관은 일원론적 세계관이다. 나는 그러한 세계

관에 따라 교회 안도 교회이고 교회 밖도 교회라고 생각한다. 교회 안의 사역도 목회이고, 교회 밖의 사역도 목회라고 생각한다. 교회 안의 사람들도 나의 성도들이고 교회 밖의 이웃들도 나의 성도들이라고 생각한다. 우리 교회도 교회이고 교회가 서 있는 지역사회도 교회라고 생각한다. 그리고 예레미야 29장 7절 말씀처럼 지역사회가 살기 좋은 사회가 될 수 있도록 노력하는 것은 목사의 사명이자 교회의 사명이라고 생각한다.

이러한 기독교세계관 관점에서, 나는 교회란 일차적으로 예배와 교육과 섬김과 친교가 이루어지는 신앙공동체지만, 2차적으로는 복음을 사회화시키고 문화화시켜 지역사회와 소통하며 지역사회를 품는 곳이어야 한다고 생각한다. 그래서 나는 교회는 동네 안에 있어 동네 사람을 위한 동네 교회가 되어야 한다고 생각한다. 물론 그러한 노력을 통해 교회가 양적으로 부흥하면 더할 나위 없이 좋겠지만, 그러하지 못할지라도 교회가 있어 지역사회가 안전하고 평안하고 행복하게 하는 사역은 하나님께서 기뻐하실 위대한 사역이라고 생각한다.

나는 교회를 개척하여 지역사회를 품는 사역을 할 때, 선후배 목사들이나 동료 목사들로부터 '목사가 목회를 하지 않고 딴짓을 한다.'는 걱정의 소리를 자주 들었고, 그래서 한때는 정말 내가 목회를 잘못하나 하는 생각이 들면서 번민을 많이 했다. 그러나 기독교세계관에 따라 내 나름대로 교회와 목회와 목사에 대한 정의를 내릴 수 있었고,

그것이 현재의 우리 교회와 나를 존재케 한 원동력 중의 하나였다.

(2) 남양주시의 사회복지 리더가 되다

참여정부 시절에는 민과 관의 파트너십 발휘를 통한 협치(governance)를 추구했다. 특히 사회복지 분야는 지역실정에 맞게 각 지자체별로 복지계획을 수립하고 실행하게 하였는데, 이를 위해 사회복지 분야의 민간 전문가들과 사회복지 분야 공무원들로 구성된 지역사회복지협의체가 구성되었다(현재의 명칭은 지역사회보장협의체).

나는 지역사회 안에서 다른 목회자들뿐만 아니라, 남양주시 전체에서 아동복지 사역을 먼저 시작한 관계로 아동복지 분야의 대표성을 가지게 되었고, 우리가 운영하는 북부노인주간보호센터 역시 노인주간보호센터의 대표성을 띠게 되었다. 이러한 연유로 지역사회 복지계의 추천을 받아 임기 2년인 남양주시지역사회복지협의체 제1기~제2기 실무위원장이 되어 4년간 민과 관의 사회복지 전문가들을 아우르면서 남양주시 전체의 복지를 총괄하였다.

이 기간 중에 4년 단위로 세워지는 남양주시 지역복지계획을 수립하는 데 두 차례나 주도적으로 참여하였는데, 나는 사회복지 전문가로서 큰 보람이었을 뿐만 아니라 목회자로서도 큰 기쁨과 보람과 자부심을 가질 수 있었다. 왜냐하면, 남양주시 전체를 사회복지를 통해 하나님 나라를 실현한다는 목회적 생각으로 임하였기 때문이다.

당시 우리나라의 거의 대부분의 지자체에서 사회복지사업법에 따라 지역사회복지협의체가 운영되었는데, 간혹 그 지역에서 인적, 물적 자원이 풍부한 교회 목사가 해당 지자체의 장과 함께 협의체의 공동위원장이 되기도 했다. 그러나 공동위원장은 그 성격상 사회복지 실무에 관한 것은 잘 모르다 보니 공무원이 찾아오면 결재 도장만 찍어 주는 경우도 있었다. 그러나 실무위원장은 한마디로 실무에 관한 전문적인 지식과 민과 관의 실무자들을 통솔하는 리더십이 있어야 했다.

현실적으로 나는 위원장으로서의 자질이 부족했었기 때문에 정말 엄청나게 많은 공부를 해야 했고, 하나하나 배워 가면서 2번의 임기를 채울 동안 지역사회와 사회복지에 관한한 나름대로 남양주시의 웬만한 지도자들 이상의 안목과 통찰력을 가지게 되었고, 지역사회에서 리더십을 발휘할 수 있었다.

그 후에는 민간복지를 대표하는 남양주시사회복지협의회 회장, 경기도사회복지협의회 이사로 섬기면서 지역복지 속에 목회 마인드를 불어넣어 사회복지를 통한 하나님 나라 실현을 이루는데 기여를 하고자 노력을 하였다. 나는 그러한 공로를 인정받아 남양주시장 표창, 경기도지사 표창, 보건복지부장관 표창 2회를 수상하였고, 남양주시민대상을 받기도 했다. 교회와 목사에 대한 사회적 인식이 점점 나빠져가는 시대에 그런 상을 받는 것이 하나님도 크게 기뻐하셨으리라 생각한다.

특히, 교회 목사로서 남양주시민대상을 받은 것이 하나님께 너무 자랑스러웠다. 그 상은 세상의 권세자들에게 잘 보여 받는 상이 아니라, 시민들이 나의 진정성이 담긴 섬김을 인정해 주고, 또 시민들에 의해 선택을 받아 타게 된 상이기 때문이다.

지금 시대는 교회의 사회복지 참여는 선택이 아니라 필수라고 생각한다. 감사하게도 우리나라도 복지국가를 지향하면서 복지사업을 위해 공공재정을 많이 투입하고 있는데, 교회가 공공재정을 활용하여 지역사회에 품질 높은 사회복지 서비스를 제공한다면 교회의 존립과 성장을 위해서나 대사회적 사명을 감당하는데 많은 도움이 될 것이다.

그러나 목회자에게 있어서 사회복지는 목회보다 더 힘든 것이 사실이다. 사회복지에 관한 전문성을 갖추어야 하고 재정 사용이나 행정적 일처리는 사회가 요구하는 기준에 맞추어 주어야 하는데, 그러지 못할 경우, 하나님의 영광을 가리기 쉽다. 그럼에도 불구하고 교회의 사회복지 참여는 선택이 아닌 필수라고 생각한다.

4) 문화예술 사역

나는 일찌감치 교회가 지역사회 속에 깊이 들어가려면 복음에 사회복지의 옷을 입히고 문화예술의 옷을 입혀야 한다고 생각했었다. 그래서 교회를 개척하자마자 아이들을 위한 공부방을 운영하고 지역주민을 위한 악기 강좌, 컴퓨터 강좌, 영화 상영 프로그램을 진행했었

우리 교회는 예배를 통해 영혼 부름을, 사회복지를 통해 배 부름을, 문화예술을
통해 마음 부름을 추구하고 있는데, 성도들과 학생들과 함께 지역주민들이
함께 참여하는 치유공연 활동을 많이 하기 시작했다.

다. 그러나 문화 강좌에 있어서, 처음 시작할 때는 지역사회에서 어느
교회도 어느 공공기관도 문화 프로그램을 운영하지 않았거나 못했는
데, 사회 분위기가 점차로 공공기관이나 대학, 그리고 백화점이나 대
형마트, 금융기관 등에서 시민들을 위한 각종 문화 강좌를 많이 열었
다. 그래서 우리는 그런 기관들이 운영하고 있지 않거나 하지 못하는
사회복지 사역에 집중을 했었다. 그러다가 사회복지사업이 어느 정도
안정기에 접어들면서 우리는 공부방을 다니는 아이들과 지역주민들
을 위한 문화예술 사역에 많은 힘을 쏟았다.

(1) 복지에 문화의 옷을 입히다

나는 2000년대 중반 무렵부터 지역복지 현장을 종횡무진으로 다니

면서 현대사회는 배가 고픈 것보다도 마음이 고픈 것이 더 큰 문제라는 인식을 하게 되었다. 그렇게 생각을 하게 된 이유는 서로 감정적 충돌을 한다거나 우울증에 빠진다거나 하는 것이 육체적 빈곤보다는 심리적 빈곤의 영향이 더 크다고 보았기 때문이다.

예를 들면, 성경도 많이 읽고, 각종 훈련도 많이 받고, 기도도 많이 하고, 금식도 자주할 정도로 믿음이 무척 좋은 목사이고 성도이지만, 그 좋은 믿음으로 교회에서 사람들에게 상처를 주고 문제를 일으키는 사람들이 있는데, 이들은 믿음은 좋을지 몰라도 마음속엔 아물지 않은 상처 혹은 해결되지 못한 상처들로 인해 마음이 상하거나 병이 들어 있을 수 있다.

또 사회복지사업을 하다 보면, 어떤 사람은 하나만 받아도 기뻐하고 고마워하는 반면에 어떤 사람은 두 개를 받아도 불평하고 원망하는 사람들, 늘 받다가 받지 못하게 되면 쉽게 분노하는 사람들이 있다. 게다가 자신에게 도움을 주는 사람이나 주변 사람들에게 상처를 쉽게 주고 자신이 속한 공동체에 어두운 그림자를 드리우게 하는 사람들도 있다. 그런 사람들 역시 신체적으로는 건강할지 모르지만, 심리적으로는 병이 들어 있다고 할 수 있다.

나는 그런 모습을 보면서 이젠 배 부름의 복지를 넘어 마음 부름의 복지를 추구해야 한다고 생각했고, 이를 위해서는 복지에 문화의 옷을 입혀야 한다고 생각했다. 그래서 나는 심리사회적 건강성 증진 차원에서 '복지에 문화의 옷을 입히자!'는 내 나름대로의 슬로건을 만들고 기회가 있을 때마다 사회복지협의체에서 머리를 맞대는 공무원들과 사회복지 동료들에게 복지 현장에 문화서비스의 중요성을 역설하였다.

거기에 그치지 않고 당장 우리 공부방 아이들에게 적용을 했다. 공부방을 이용하는 아이들에게 악기를 배울 수 있는 기회를 만들어 주고 댄스팀을 만들어 주고, 지도 선생을 붙여 주었다. 축구를 좋아하는 아이들을 위해서는 축구팀을 만들어 주고, 야구를 좋아하는 아이들을 위해서는 야구팀을 만들어 주었다. 우리 지역에는 작은 호수가 있는데, 호숫가 야외무대에서 아이들이 연주도 하고 춤도 추면서 공연도 하게 하고, 지역 내 다양한 행사에 초청을 받아 공연도 하게 하였다.

뿐만 아니라, 남양주시지역아동센터연합회를 조직하여 초대회장으로 섬기면서 지역아동센터축제도 시작하였다. 그리고 사회복지협의체 실무위원장으로서, 공식적인 행사를 할 때는 종래의 으레적인 형식적 의전을 탈피하고 복지시설 이용자들의 공연 순서를 넣게 하였고, 나 또한 아이들과 함께 관내의 시설이나 행사장에서 함께 연주를 하기도 하였다.

복지에 문화의 옷을 입히기 시작했을 때 가시적으로 나타나는 첫 현상은 아이들이 밝아지는 것이었다. 우리 아이들의 활동을 보는 대부분의 사람들은 이구동성으로 "아이들이 그늘이 없다.", "얼굴이 참 밝다."고 했다. 실제로, 센터에 올 때는 이런저런 상처들로 인해 얼굴에 그늘이 진 아이들이 많았다. 그러나 충분히 돌봄을 받으면서 내재된 상처 에너지들이 문화나 스포츠 활동으로 발산이 되면 아이들은 저절로 밝아졌다.

또한 내가 얻고자 한 것이 하나 더 있다. 일반적으로 사람들은 사회복지시설의 필요를 인정하면서도 내가 사는 동네 내가 사는 집 가까이에 복지시설이 있는 것을 탐탁하게 생각하지 않는다. 이것은 신앙인들도 마찬가지다. 내가 교회를 개척하고 목회실천을 사회복지로 할 때도 그것이 가장 크게 부딪히는 부분이었다.

더구나 사회복지시설은 지역의 자원을 빨아들이는 블랙홀로 인식하는 경향이 있고, 정부는 정부대로 지자체는 지자체대로 서서히 복지 피로도가 높아져 가고 있는 상황이었다. 그래서 내가 하게 된 생각은 복지시설이 지역사회의 또 다른 자원이 될 수 있다는 것을 보여 줄 수 있어야 한다는 것이었다. 결국 그러한 생각이 옳았다. 아이들은 지역주민들을 웃게 하고 박수치게 하면서 위로와 힘을 불어넣어 주는 역할도 한 것이다.

이후 다른 사회복지시설들에서 복지서비스에 문화예술과 스포츠를 접목시키는 붐이 일었다. 물론 우리 교회 때문에 공공기관이라든가 민간기관이 우리를 따라서 한 것은 아니다. 당시 사회적 필요에 따라 사회복지공동모금회라든가 국내의 많은 기업들에서도 사회공헌사업을 할 때, 복지시설 이용자의 문화생활 지원사업에도 비중을 두면서 배만 부르게 하는 사회복지가 아니라 머리도 부르게 하고 마음도 부르게 하는 사회복지가 이루어지게 하는데 많은 자원을 투입하게 된 것이다. 다만 우리 교회는 그 수혜자가 되기 전에 먼저 장을 열어간 교회로서 자부심을 가지고 있는 것이다.

(2) 호수문화를 만들다

지역사회의 사회복지 리더로 살아가면서 한 가지 더 문제의식을 가지게 된 것이 있다. 사회복지 현장에 있다 보면, 우리 사회가 부익부 빈익빈 문제가 더욱 심화되고 있다는 것을 실감하게 된다. 뿐만 아니라, 소위 복지 수급계층이 아니라 취약계층의 사람들을 위해 세금도 내고 기부와 후원도 하는 일반시민들의 정신건강지수가 많이 떨어지고 있다는 것이었다. 과도한 스트레스에 시달리거나 우울증을 앓는 사람들이 점점 늘어 갔다. 게다가 OECD 국가 중 자살율 1위가 될 정도로 자살자 수가 급증하고 있었다. 하물며 신앙을 가진 사람들 중에도 자살자가 해마다 증가하고 있다.

목회자로서 가지게 된 고민은 우리나라는 세계에서 유례를 찾아보기 힘들 정도로 교회 수도 많고 목회자와 성도 수도 많은데, 사람들의 정신과 심리를 건강하게 하고 사회를 건강하게 하는데 별로 도움이 되지 못하고 있는 것은 아닌가 하는 것이었다. 나아가 성도들 중에도 목회자들 가운데도 우울증을 앓는 사람들과 충동조절에 장애를 겪고 있는 사람들이 점점 증가하고 있고, 실제로 정신과 약을 복용하거나 정신병원에서 치료받고 있는 기독교인들도 많다는 것이다.

또한 사회복지사로서 가지게 된 고민이 있다. 상생과 공생이라는 말은 매우 아름다운 말이다. 기독교인은 말할 것도 없거니와 모든 사회구성원들이 삶 속에서 상생과 공생의 아름다움을 추구해야 한다고 생각한다. 그러나 적어도 당시 내가 가진 생각은 어렵고 힘든 사람들뿐만 아니라, 어렵고 힘든 사람들을 돕기 위해 재물과 재능과 시간과 몸을 바치는 일반시민들도 삶 자체를 힘겨워하고 있다는 것이었다. 그렇기 때문에 사회복지 발전의 견인차 역할을 하는 시민들, 어렵고 힘든 사람들을 기꺼이 도울 마음이 있지만 자신들의 삶에 지쳐 있는 시민들을 지지하고 지원하는 사업이 필요하다는 생각을 하게 되었다.

그러한 문제의식을 가지고 시작한 것이 바로 우리 동네에 있는 오남 호수공원에서 삶에 지친 시민들을 위해 다양한 문화공연을 해 줌으로써 지역사회에 청량제 역할을 하는 것이었다. 문제는 교회가 이를 위해 앞장서는데 있어서 현실적으로 교회가 제공할 수 있는 문화와 시민들이 원하는 문화가 충돌을 일으킨다는 것이었다.

사실 교회는 일반 사회단체들보다 양적으로나 질적으로 우수한 문화자원이 있다. 반면에 교회는 문화에 대해 기독교 문화와 세속 문화라는 이분법적 사고를 가지고 있다. 예를 들어, 전도하기 위해 세상에 나가 찬양을 연주하는 것은 신앙적으로 보지만, 세상 사람들이 좋아하는 가요를 부르면 세속적 타락으로 보는 경향이 있다. 특히 보수적인 신앙을 가진 사람들일수록 그러한 경향이 더 강하다.

실제로 교회 구성원들이 교회 밖에 나와서 문화를 매개로 한 전도활동을 할 때, 주로 찬양을 한다든가 워십을 하는 교회들이 많다. 나는 이것을 결코 폄훼할 생각이 없다. 그런데 그러한 시도들이 세상 사람들의 호감을 불러일으키기보다는 반감을 사는 경우가 많다는 것이다. 시민들은 때로는 관공서에 민원을 넣기도 하고 욕설을 하는 경우도 많은데, 나는 그러한 활동들을 통해 교회 구성원들은 만족감을 느낄지 모르지만, 주님 편에서 보면 주님의 영광이 드러나기보다는 도리어 주님이 멸시와 모욕을 당하는 것 같아 마음이 무척 아플 때가 많았다.

시민들을 문화적으로 품으려는 생각을 가지고 지역사회 속으로 들어가 문화적 접근을 하려고 할 때, 대한민국에서 둘째가라면 서러워할 보수교단 신학교에서 공부를 하고 목사가 된 나에게 있어 이 지점이 가장 큰 고민이었다. 그러나 나는 이 고민은 특별은총과 일반은총의 개념을 생각하면서 고민을 해결하였다. 대중문화 가운데서도 일반은총을 잘 표현해 주고, 그래서 사람들의 마음에 공감을 불러일으켜서 라포 형성을 한 다음 그들로 하여금 우리의 지지 세력과 지원 세력이 되게 하는 과정을 거치면서 자연스럽게 복음을 전하리라는 전략을 세웠다.

우리는 동네에 있는 오남호수를 문화의 장으로 만들었다. 목사와 부교역자와 청년들과 아이들과 함께 오남호수로 가서 공연을 하였다. 동요도 함께 부르고 널리 알려진 가요도 불렀다. 아이들은 춤을 추기도 하였다. 뿐만 아니라, 관중들에게도 무대에 나와서 노래를 부를 수 있는 기회를 주고 악기를 연주할 수 있는 기회를 주었다.

그렇게 공연을 하는 과정 속에서 자연스럽게 우리의 신앙 정체성을 말하면서 목사로서의 고민도 말하고, 지역사회를 향한 우리 교회의 소망도 말하고, 신앙생활을 하기 원하는 분들에게 자그마한 도움이라도 되고 싶다고 말했다. 그렇게 했을 때, 시민들은 박수를 쳐 주기도 했다. 어떤 분들은 우리 교회가 정말 보기 드문 귀한 교회라고 하면서 즉석에서 헌금을 해 주기도 했다. 그러한 과정들을 통해 우리 교회는 지역주민들 사이에 지역사회에 도움이 되는 교회라는 인식이 뿌리를 내리게 되었다.

그다음 과제는 지역사회를 문화적으로 품기 위해 지역사회의 문화 예술인들과 연대를 이루는 것이었다. 그래서 우리 지역에서 활동하고 있는 오남문화예술동아리연합회를 조직하였는데, 내가 회장으로 선출되어 본 연합회를 이끌어 가게 되었다. 서로 종교도 다르고 성향도 다르고 사는 형편도 다르지만, 각자 가진 재능으로 지역사회를 행복하게 하기 위해 마음을 하나로 모을 수 있어서 좋았고, 목사인 나를 부담스러워하지 않고 도리어 자신들의 리더로 세워 주고 잘 따라 주는 것이 너무 고마웠다.

오남문화예술동아리연합회는 봄, 여름, 가을에 매주 주말마다 돌아가며 공연을 했다. 각 단체마다 고유의 레퍼토리가 있다 보니 호수를 산책하러 왔던 시민들도 함께 즐거운 시간을 가지면서 스트레스와 우울감을 해소할 수 있었다. 또 봄, 가을에는 연합회 소속 모든 단체들이 함께 힘을 모아 지역주민을 위한 콘서트를 개최하였다. 즉, 오남호수라는 공간적 유형적 자원과 문화적 무형적 자원이 융합되어 지역사회를 하나로 묶을 수 있게 되고, 이것이 지역사회를 보다 안전하게 하고 평안하게 하고 행복하게 하는 데 기여할 수 있었다.

또한 우리가 그렇게 종교와 출신 지역과 신분을 떠나 지역사회를 위한 오남호수 문화를 만들어 갈 때, 지자체도 행정적으로 협조와 지원을 해 주어 지역주민의, 지역주민에 의한, 지역주민을 위한 문화공동체를 만들어 가는데 큰 도움이 되었다.

(3) 지역축제를 통한 마을 품기

각 지역마다 지역의 특색을 살린 축제들이 많이 개최된다. 넓게는 지자체 차원에서 좁게는 읍면동 차원에서 크고 작은 축제들이 열린다. 그러나 우리 동네는 공식적인 축제가 한 번도 개최되지 못했다. 그것은 그만큼 우리 동네가 타 지역에 비해 생활 인프라도 부족하고 인적, 물적 자원이 부족하다는 것을 의미한다. 또 우리 동네도 도시화되면서 서울이나 다른 도시에서 이사 온 주민들이 원주민들보다 수적으로 압도적으로 많다.

그럼에도 불구하고 지역사회의 구심점을 이루고 있는 대부분의 관변단체들은 원주민들 및 그들과 관련된 인물들로 구성되어 있다. 이들은 변화보다는 그동안 자신들이 살아온 삶의 방식을 유지하기를 바라거나 자신들이 익숙한 것을 하기를 원한다. 그러나 도시에서 이주해 온 젊은 계층의 사람들은 새로운 변화를 희망하며 지역사회에 새로운 패러다임을 형성하기를 희망한다. 그러다 보니 마인드 공유가 힘들고, 이는 다시 서로 간 반목과 갈등을 불러일으켜서 공동체적 성격을 띤 이벤트를 개최하기가 쉽지 않았다.

그 와중에 지역사회에서 우리 교회는 중간지대 역할을 할 수 있었고, 나는 퍼실리테이터(facilitator)와 인플루언서(influencer) 역할을 할 수 있었다. 내가 그렇게 할 수 있었던 것은 그동안 복지 사역과 지역 활동을 오랫동안 해 왔기 때문에 자원의 흐름을 꿰뚫어볼 수 있고 자원을 확보하기 위해 제안서 작성에 대한 전문성을 가지고 있었고, 지역사회의 활동가들을 움직이기 위해서는 어떤 리더십을 가져야 하는지 알고 있었고 추진력과 실천력을 가지고 있었기 때문이다.

주민자치위원회를 비롯하여 지역사회의 활동가들은 독자적으로 활동하는 것도 중요하지만, 지역사회 발전을 위해서도 연대와 협력이 중요하다는 것을 모두 알고 있었고 그 필요를 절감하고 있었다. 그래서 오남읍축제운영위원회를 조직하게 되었고, 내게 운영위원장의 직이 주어졌다. 내가 그들보다 능력이 있어서라기보다는 그동안의 지역활동 경륜도 있고, 또 직업적 특성상 개성이 강한 활동가들을 잘 규합하고 이끌어 갈 리더십이 있다고 생각되어 이구동성으로 나를 추천한 것이다.

이후에 우리는 밖으로는 경기도가 시행하는 공모사업에 사업제안서를 제출하여 선정됨으로써 축제에 소요되는 재정을 펀딩받을 수 있었고, 안으로는 지역사회의 활동가들로 구성된 축제위원회를 가동하여 연대와 협력의 미학을 실현시키기 위한 노력을 다각도로 하였다.

우리는 축제를 하는 분명한 목표를 세웠다. 소수의 활동가들을 위한 축제도 아니고 지역의 목소리 큰 단체들을 위한 축제도 아니고 지자체나 정치인들의 얼굴을 알리는 축제도 아니라, 오남호수라는 공간적 장소에 3대가 함께 어울릴 수 있는 가족축제를 지향함으로써 세대

통합을 이루고 공동체성을 함양시키는 축제를 목표로 하였다. 또한 축제를 준비하고 진행하는 과정 속에서 지역사회의 인적 자원을 발굴하고 그 인재가 다시 지역사회의 활동가가 되게 하는 목표를 세웠다.

우리 교회는 처음 교회를 설립했을 때부터 개성과 파격이 있었다. 제1기 사역에서 말하였지만, 97년 그 당시에 예배에 컴퓨터와 프로젝터를 사용한다든가 교회에서 컴퓨터를 가르쳐 주고 영화나 스포츠 경기도 보여 주었었다. 여기에 대해 대부분의 선배 목사들은 그런 우리 교회를 좋게 평가해 주었지만, 반대로 우리 교회가 이단이라는 소문을 내는 교회도 있었다. 즉, 교회의 적은 교회가 되는 아이러니가 발생하였던 것이다. 지역사회 역시 마찬가지다. 큰 사회이건 작은 사회이건 간에 역량을 가지고 있지만 그 역량을 발휘할 기회를 얻지 못하는 사람들이 있는 반면, 기존의 활동가들이 새로운 활동가들의 진출을 달가워하지 않는 경우도 있다.

지역사회는 토착 세력과 전입 세력 간의 갈등과 긴장이 현재진행형으로 있다. 토착 세력은 주로 관변단체 활동을 하면서 연대의식을 갖고, 전입 세력은 사이버 공간에서 활동하면서 연대의식을 갖는 경향이 있다. 그런데 지역사회에 있어서 교회는 그 포지션(position)이 애매하거나 존재감이 없는 경우가 많다. 기독교세계관에 따른 하나님 나라 관점에서 교회가 지역사회 활동을 적극적으로 하는 것이 마땅한데, 이상하게도 교회는 지역사회와의 연대 활동이나 연합 활동에 별로 관심을 보이지 않는다.

그런 점에서 우리 교회는 지역사회에서 다양한 활동을 하는 교회이고, 지역사회는 나의 활동성과 리더십 역량을 인정해 주어 축제위원장의 자리도 맡겨 주고 시민대상도 받게 해 주었던 것이다. 그런데 지역주민들 가운데는 이를 달가워하지 않는 사람들도 있었고, 마땅히 협조를 해 주어야 할 위치에 있는 사람이지만 협조를 해 주지 않거나 폄훼하는 사람도 있었다. 그러나 우리는 거기에 개의치 않고 성공적인 지역축제를 위해 조직을 하고 자원개발을 하고 역할 분담을 하며 축제를 준비하였고 성공리에 개최하였다. 그 가운데 소소한 갈등들이 있었지만, 나는 중간자적 관점에서 갈등과 긴장을 해소해 주는 역할을 수행하였다.

그 결과로 우리가 수립하였던 두 가지 목표를 달성할 수 있었다. 첫째는 오남호수라는 품에 펼쳐진 지역축제에 많은 주민들이 참여를 하였는데, 3대가 손에 손을 잡고 나온 가족들, 어린 자녀를 동반하여 참여한 젊은 부부들, 또 친구들과 함께 참여한 청소년들이 있었다. 또 장비라든가 출연진들을 외부에서 조달한 것이 아니라 지역사회 안의 물적, 인적 자원들로 진행하였다. 그 와중에 지역 인재들이 발굴되어 지역사회의 새로운 인적 자원이 되어 지역사회를 섬기고 있다.

이러한 지역 활동을 하는데 있어서 우리 교회와 나는 지나치게 교회를 드러낸다거나 목사의 신분을 강조하지 않았다. 이미 지역사회는 우리 교회의 존재와 나의 신분을 대부분 안다. 그런 상황에서 목사인 내가 운영위원장이라고 해서 나를 드러내고 우리 교회가 일정 부분 기여를 한다고 해서 교회를 지나치게 드러내면, 도리어 반감을 사게 된다. 실제로 요즘 사람들은 자신들이 교회와 연관되는 것과 자신들이 참여하는 행사에 정치인과 목사가 드러나는 것을 무척 싫어한다. 우리는 이를 잘 알기 때문에 사람들이 우리 교회를 내세우거나 목사인 나를 내세우려고 하기보다는 오히려 티내지 않고 협력한다. 그렇지만 지역주민들은 우리 교회와 내가 지역사회를 위해 기여를 한 것을 다 알고 있다.

지역 활동을 하다 보면, 교회가 참 이기적이라는 생각을 많이 하게 된다. 무슨 활동이든지 간에 자기 교회 양적 성장에 거의 모든 초점을 맞추어서 하고 하나님 나라 관점에서 지역사회에 선한 영향력을 행사하려고 하는 모습은 잘 보이지 않는다. 폭 넓은 관점에서, 교회는 축복의 통로가 되어야 하는데, 도리어 자원의 블랙홀이 되는 경우가 많다. 예를 들면, 인적 자원도 교회로 들어가면 지역사회의 발전을 위한 활동을 하지 않게 되고 재정적, 물적 자원 역시 교회로 들어가면 지역사회로 잘 흘러나오지 않는다.

또한 교회는 전도하는 것과 관련이 있어서 그렇겠지만 지역사회와의 협력보다는 독자적인 섬김사업을 하는 경향이 있다. 어떤 점에서는 가장 사회적이어야 할 교회가 도리어 사회에서 고립을 자처하는 상황이 된다. 그런 모습을 보면서 한국 교회에 기독교세계관에 토대를 둔 하나님 나라와 교회론에 대한 깊은 이해가 필요하다는 생각을 하게 되었다.

우리 교회의 제2기 사역은 정말 사선을 넘나들었다고 할 정도로 매우 역동적으로 전개되었다. 없던 길을 만들어야 했고, 할 수 없는 일도 해야 했고, 그 와중에 지쳐 쓰러질 뻔도 했고, 돈이 주고 사람이 주는 상처로 만신창이가 되기도 했고, 무기력한 나 자신을 탓하고 스스로를 비하하며 좌절의 늪으로 빠져들기도 했다. 하지만, 하나님은 곱이곱이마다 기적을 일으켜 주셨다. 지원을 받아 연명하는 교회에서 자립하는 교회가 되게 하셨고, 자립을 넘어 지원하는 교회가 되게 하셨다. 그래서 우리는 제3기 사역의 장으로 나아가는 문을 활짝 열 수 있었고, 우리는 제3기 사역의 현장 속으로의 행진을 하였다.

제4장

제3기 사역
축복의 통로가 되는 해빌리지 살렘교회

현재의 해빌리지 살렘교회 모습이며, 다음 사진은
다양한 해피 스토리를 써내려 가는 해빌리지 가족들의 한 장면이다.

주민들을 초청하여 가든파티를 하고 있는 모습으로서,
'지금 여기의 천국'을 경험하게 하는 프로그램이다.

나의 신학교 시절의 고민은 한국 교회에 만연해 있던 이원론적 세계관을 어떻게 일원론적 세계관으로 극복할 것인가 하는 것이었는데, 그 고민을 해결하기 위한 방법론으로서, 세상과 분리되는 교회가 아니라 세상 속으로 들어가는 교회가 되게 해야 한다는 것이었다.

　그러기 위해 교회는 존재론적 의미에서 예배공동체-교육공동체-복지공동체-문화공동체가 되어야 하고, 그것이 바울 사도가 말하는 그리스도의 몸으로서 교회 개념을 실현하는 방법론이라는 결론을 얻었었다. 그래서 나는 교회 개척 후, 그런 공동체로서의 교회를 만들기 위해 목회적 정열을 불살랐다.

　그런데 목회적 과도기를 거치면서 또 다른 고민이 생겼다. 무엇인가 하면, 교회가 축복의 통로가 되어야 하는데 축복의 블랙홀이 되고 있는 것은 아닌가 하는 고민이었다. 인적, 물적 자원이 교회로 들어가면 지역사회로 잘 나오지 않는 것을 보면서 교회가 자원의 블랙홀인가 하는 생각을 하게 되었다. 교회 자체 행사라든가 전도를 위해서는 교회 자원을 적극 활용하지만, 지역사회를 위한 일에는 많은 교회들이 문을 닫고 있고 자원을 지역사회로 흘려보내지 않는다. 그러다 보니 교회는 지역사회 안에서 고립된 섬이 되어 가고, 지역사회 안에 크고 작은 많은 교회들이 있지만 지역주민들 입장에서는 교회는 존재의 의미가 없는 곳으로 여겨지는 경향이 있다.

그 와중에 이제는 자원이 교회 안으로 들어오기보다는 교회 밖으로 빠져나가는 현상이 나타나고 있다. 사회에서 활동하는 많은 활동가들 중에는 예전엔 신앙생활을 열심히 하면서 교회를 섬기는 일에도 열심을 냈었는데 지금은 신앙생활도 접고 교회를 다니지도 않는 사람들이 많이 있다. 대신에 그들 중에 많은 이들은 교회 안에서 쏟던 봉사의 열정을 지역사회의 복지 분야나 문화 분야에 쏟고 있는데, 그들은 그렇게 하면서 교회에서 누리던 것 이상의 보람과 즐거움을 누리고 있다고 한다.

목사로서 교회론적 관점에서 볼 때, 양적 성장에 미련을 가지고 있는 목회자들에겐 자원이 빠져나가는 그런 흐름은 재앙이라고 할 수 있다. 그러나 사회복지사로서 기독교 사회복지적 관점에서 볼 때, 교회에 고여 있던 자원이 다시 사회로 흘러나오는 것은 바람직하다고 할 수 있다. 만약 교회가 이를 재앙으로 여기지 않고 도리어 하나님 나라 확장을 위한 선한 영향력 증대를 이룰 축복의 기회라고 받아들인다면, 성도들은 교회를 벗어나지 않고 여전히 교회의 성도로 존재하면서 자발성과 기쁨을 가지고 자신의 자원으로 하나님의 대사요 교회의 대사 역할을 감당할 것이라 생각한다.

1. 음악치료 사역

구체적 진단명을 가진 환자들뿐만 아니라,
지역주민들을 위한 웰니스 뮤직테라피를 통해서도 지역사회와 소통하고
선교지에 가서도 음악을 통한 치유와 전도를 하고 있다.

나는 신학을 전공하고 신학의 구체적 실천을 위해 사회복지를 전공했다가 마지막으로 음악치료를 전공했다. 이를 통해 선교적 사역의 지평이 정말 많이 넓어졌다. 사회복지 사역이 지역사회 안에서 자리를 잡게 했다면, 음악치료 사역은 우리 교회와 나의 사역의 무대가 동남아를 넘어 아프리카까지 확대되게 해 주었다.

학교의 학생들, 남녀노소 복지관 이용자들, 노숙인시설을 이용하는 노숙인들, 정신병원의 정신질환자들, 암병원의 암환자들, 노인대학의 어르신들, 지역주민들, 공공기관 및 전문직 종사자들, 동료 목회자들 부부, 중국, 필리핀, 캄보디아, 우간다의 선교 현장에 가서도 복음을 음악치료적 접근법을 사용하여 전했다.

놀라운 것은 위와 같이 남녀노소뿐만 아니라 국적을 초월하여 많은 사람들을 대상으로 음악치료 프로그램을 제공했을 때 거의 실패를 해 본 적이 없다는 것이다. 프로그램을 진행하다 보면 자연스레 내가 목사라는 것을 밝히게 되고, 참여자들 중엔 그 사실을 알고 나서 내게 기도 부탁을 하는 사람도 있었고, 내가 기도를 해 주면 정말 간절한 마음으로 아멘 아멘! 하며 기도를 받아들였다.

이것은 심리치료적으로 말하면 음악을 매개로 하여 나와 참여자 간 라포 형성이 잘 되었기 때문에 참여자는 치료사인 나를 '이만하면 충분히 좋은 엄마'(Good enough mom)로 받아들여 긍정적 전이의 감정을 가지게 된 결과이기도 하고, 신앙적으로 말하면 하나님의 은혜 안에서 성령이 음악치료 프로그램의 현장에 임하여 지치고 상한 마음을 어루만져 주시고 치유하여 주셨다고 할 수 있을 것이다.

1) 정신질환자 음악치료 사역

현대사회는 다양한 정신질환자들이 많이 발생하고 있어 사회문제가 되고 있다. 그런데 정부정책은 병원 입원이나 요양시설 입소보다는 지역사회 안에서 치료를 받게 하는 탈(脫) 시설화 방향으로 나아가고 있다. 문제는 지역사회도 교회도 정신질환자들에 대한 부정적 인식이 자리잡고 있고, 더 심각한 것은 이들을 받아 주고, 품어 주고, 담아 주면서 공동체 일원으로 살아가게 할 준비와 역량이 부족하다는 것이다.

웬만큼 규모가 있는 교회들을 보면, 가끔 신앙적인 문제보다는 정신적으로 심리적으로 문제가 있는 교인들이 있다. 교회는 그런 사람들에 대하여 기도해 주고 품어 주기도 해야지만, 심리치료나 의학적 치료를 받게 해 주어야 함에도 불구하고 수수방관하거나 방기하는 경우가 대부분인 것 같아서 안타깝다.

의학적 관점에서 정신질환자들을 위한 주요 치료 방법은 신경계통 약물을 사용하여 증상을 완화시키거나 억제하는 것인데, 문제는 이러한 약물들은 부작용을 많이 일으켜서 사람들이 복용을 꺼린다는 것이다. 하지만 지금은 의학의 발달로 부작용이 적으면서도 증상을 완화시켜 주거나 치료 효과가 좋은 약물들이 많이 나와 있다. 그럼에도 불구하고 약물 처방이 능사만은 아니기에 약물 처방과 더불어 심리치료 기법이 많이 사용되고 있다.

그래서 나도 목사가 아닌 음악치료사로 정신병원의 환우들을 만날 기회가 많이 있었는데, 음악치료사이기 전에 목사로서 정말 나를 당혹스럽게 한 것은 정신과적 치료를 받는 환우들 중에 신앙인들의 비율이 매우 높다는 것이다. 나는 정신병원에서 목사, 전도사, 장로, 안수집사, 권사, 서리집사, 청년 형제자매 다 만났다.

신앙인이면서도 정신과 치료를 받고 있는 환우들을 만나면서 내가 당혹감을 느낀 이유는 교회가 치유공동체의 역할을 제대로 감당하지 못하고 있다는 것을 느꼈기 때문이다. 교회에서조차 내 상한 마음과 내밀한 아픔을 내어놓을 수 없다 보니 그게 결국 정신과 치료를 받아야 될 정도로 악화되는 것이다. 다음은 목사의 한 사람으로서 이렇게 아픈 성도들이 많이 생기게 하는데 나도 일조하였다는 생각이 들었기 때문이다.

(1) 사례 1 : 등대를 찾고 싶어 했던 이름 모를 권사

내가 만난 많은 정신과 환우들 중에 권사였던 분이 있었다. 처음에는 서로의 신앙적 신분은 알지 못했다. 그냥 음악치료사와 환우의 신분으로 만났다. 그때 사용했던 노래는 '등대지기'라는 노래였는데, 노래 후

에 '나의 등대는 무엇인가?'라는 질문을 가지고 대화를 하게 되었다.

60대의 여성 참여자는 예전에 자기에게도 등대가 있었지만 지금은 없다고 하면서 다시 등대를 찾고 싶다고 하였다. 이어지는 대화 속에서 자신의 등대는 교회였고 직분이 권사였다고 하면서 아픈 이후로 교회를 다니지 못하게 되었고, 다시 교회를 나가고 싶다고 하면서 많이 우셨다.

지역사회 안에서 정신과적 치료를 필요로 하는 사람들이 점점 늘어나고 있다는 것을 우리는 심심치 않게 발견할 수 있다. 그뿐인가? 우리는 교회 안에서도 신학교 안에서도 그런 형제자매들을 발견할 수 있다. 교회는 그런 그들에게 예배 열심히 드리면… 기도 열심히 하면… 안수기도 받으면… 치료된다고 하면서 정작 그들을 받아 주고, 품어 주고, 담아 주지 못하고 있다. 그러다 보니 그들은 교회가 아닌 정신병원으로 몰릴 수밖에 없는 것이다.

목사이자 음악치료사로서, 정신질환 환우들을 품는 사역을 하면서 느끼는 것은 교회의 건강성을 지키기 위해서라도, 나아가 교회가 서 있는 지역사회의 건강성을 지키기 위해서라도 정신과적 질환이 있는 사람들을 품는 것이 중요하다는 것이다. 이를 위해 할 수만 있다면 교회는 신학만 전공한 교역자를 세우는 것이 아니라 심리치료 전문가도 교역자로 세워 교회 공동체와 지역사회 공동체를 섬기게 하면 좋겠다는 것이다.

(2) 사례 2 : 찬양대원이었던 이름 모를 여집사

환우는 40대 초반의 여성이었는데, 폐쇄병동에 입원해서 치료를 받아야 할 정도로 중증의 우울증을 앓고 있었다. 음악치료 기법 중에 제시된 노래를 개사하여 자기의 생각을 노래로 표현하는 것이 있다. 조현 증세가 심하든가 치매 증세가 심한 환우는 이런 기법을 잘 소화하지 못하지만, 우울증이라든가 양극성 장애라든가 심리적 문제를 가지고 있는 환자의 경우, 비교적 인지 상태는 양호한 경우가 많아서 주어진 과제를 잘 소화하기도 한다.

환우는 사용한 노래의 원 가사 이상으로 개사를 시적으로 잘 표현했다. 의미 없는 단어의 나열이 아니라 한 단어 한 단어 의미가 있고, 그 의미 있는 단어를 잘 연결하여 자신의 생각과 마음을 잘 표현했었고, 개사한 노래를 성악적으로 너무나도 잘 불렀다. 나는 그 환우가 개사하여 부르는 노래 속에서 신앙 안에서 예전의 행복했던 삶으로 돌아갈 수 있기를 바라는 마음과 자신의 병이 낫지 못해 예전의 그 행복했던 삶으로 돌아가지 못하면 어떡하나 하는 불안한 마음을 읽을 수 있었다.

노래 후, 개사한 내용을 가지고 토의할 때, 내가 "선생님은 신앙심이 참 좋은가 봐요. 그리고 마치 찬양대의 솔리스트인 것 같아요." 했더니, 그 환우는 자신은 교회 집사이며 찬양대는 대학교 다닐 때부터 봉사를 해 왔다고 했다. 그러다가 가정적 불행이 닥치면서 병을 얻었고, 이 병원 저 병원을 전전하고 있다고 했다.

물론 나는 위의 두 사례 외에도 많은 정신과 환우들을 만났었다. 그러나 내가 목사이기에, 내가 만났던 환우들 중 신앙심이 깊지만 그 신앙으로도 정신적 심리적 문제를 감당하지 못해 고통을 겪고 있는 환우들이 더 가슴 아픈 기억으로 남아 있다. 또한 내가 목사이기에, 한국 교회가 성도들이 저렇게 큰 고통을 겪지 않도록 잘 이끌어 주면 좋을 텐데 하는 아쉬움과 그러지 못하고 있는 한국 교회를 보면서 미안함이 내 마음속에 복잡하게 얽혔었다.

2) 노숙인 음악치료 사역

나는 음악치료사로서 음악치료 프로그램으로, 우리 교회는 행사를 지원하는 협력기관으로 서울역 근처의 노숙인지원센터와 여러 해 동안 협력을 해 오고 있다. 우리나라의 많은 교회들이 교회 재정과 성도들의 재능을 사용하면서 다양한 방법으로 노숙인들을 섬기고 있는데, 정말 하나님께서 기뻐하실 사역이라고 생각한다.

나의 경우, 음악치료 전문가로서 2014년부터 연간 20회기씩 음악치료 프로그램을 진행했다. 서로 악기도 연주하고, 노래도 부르고, 웃기도 하고, 울기도 하고, 진지하게 토론도 하게 된다. 그 와중에 내게 기도 부탁을 하는 참여자들도 있었다. 그러면 약간은 여흥 모드로 가요를 부르던 나와 참여자들은 다시 경건 모드로 전환을 하여 나는 간절하게 기도를 해 주고 참여자들은 간절하게 아멘으로 받아들인다.

어쩌면 이러한 나를 목사로서 불경스럽고 목사가 할일이 아니라고 생각하는 사람이 있을지도 모르겠다. 그러나 나는 비록 대중음악을 활용하지만, 기독교 영성이 내재된 음악치료 프로그램을 통해 효과적으로 노숙인들의 마음을 움직이고 그들의 몸을 움직일 수 있었다.

내가 만났던 남녀 노숙인들은 태생부터 불행의 아이콘이었던 사람들도 있었고, 엘리트 지식인이었던 사람, 외국 생활을 오래했던 사람, 금융계의 직급이 높았던 사람, 평생을 공직에 있었던 사람, 사업가였던 사람, 특수기술 소유자였던 사람 등 과거에 면면히 화려했던 사람들, 거기에다가 여성 노숙인들도 여러 명 있었다.

'이 세상에 쉬운 사람은 아무도 없다!' 이것은 내가 목회 사역과 사회복지 사역과 음악치료 사역을 하면서 절실하게 깨달은 것이다. 그런데 내가 경험한 바로는 노숙인들의 마음을 얻고 움직이기가 제일 어려웠다. 그들은 노숙인이 되기까지 세상에서 부정적 경험을 수도 없이 많이 하면서 정서적으로는 사회와 사람들에 대한 부정적 정서가 많고, 심리적으로는 인생의 실패와 좌절에서 오는 자존감과 자기효능감이 저하되어 있으며, 정신적으로는 신체가 노숙 생활에 익숙해지면서 자립의 의지가 매우 미약한 사람들이 많다.

또한 노숙인들 중 상당수가 치료가 필요할 정도로 심신이 허약해져 있는 분들이 많이 있다. 그런 그들에게 정부와 민간 차원에서 의식주

문제를 해결해 주고 심리사회적 지원과 종교적 욕구도 채워 주기 위한 다양한 지원이 이루어지고 있지만, 노숙 생활을 벗어나 자활에 성공하는 사례가 극히 미미하다. 내가 수년 동안 그들을 만나 오고 있지만 실제로 노숙 생활을 벗어나지 못한 분들이 대부분이었다.

예배라든가 심리지원 프로그램 속에서 만나 대화를 해 보면, 그들은 내가 바라는 혹은 사회가 바라는 모범 답안을 잘 말한다. 그러나 알고 있고 대답할 수 있는 모범 답안을 가지고는 있지만 생활은 여전히 제자리를 맴도는 경우가 많고, 그런 모습을 보면서 치료를 해 주려고 간 내가 도리어 지치게 되는 경우도 있었다.

그런 가운데서도 보람을 느끼고 희망을 가지게 되는 것은, 첫째 우리 주님께서 공생애 동안 지치고 상하고 병든 이들을 품으시는 삶을 사셨던 것을 볼 때, 나와 우리 교회가 미력하나마 그들을 품는 것은 주님께서 기뻐하실 사역이라는 것이다. 둘째 노숙인들이 그렇게 돌봄을 받음으로써 더 이상 상태가 악화되는 것을 방지하여 사회에 더 큰 물의를 안 빚을 수 있도록 돕는 사역이기 때문이라는 확신 때문이다.

(1) 사례 1 : 노숙이 된 어느 은행 지점장

프로그램에 참여했던 사람 중에 노숙 생활을 하고 있지만, 지금 현재가 너무나도 행복하다고 하는 60 중반의 남자 참여자가 있었다. 그분은 본인 말에 의하면, 은행의 지점장까지 지냈고, 서울 강남의 잘 알려진 아파트에 살기도 했었다고 한다. 그런 그가 경제적 파탄에 이르게 되었고, 이것은 가정파탄에까지 이어졌다. 가정파탄은 결국 노숙인이 되는 결과를 낳았다. 당시 내가 진행하던 프로그램 이름은 [노숙인 자활을 돕는 음악치료]였는데, 음악치료를 통해 자활의 의지와 용기를 불어넣어 주는 것이 내게 주어진 미션이있다.

그런데 그 참여자는 지금 이렇게 혼자 작은 방에 살면서 일주일에 한 번씩 나를 만나는 것이 너무 행복하다고, 내 인생에 이런 때가 없었다고 했다. 그 말을 듣는 순간 나는 낙심이 되고 좌절이 되었다. 왜냐하면, 나는 그 순간 음악치료사로서 실패의 경험을 하고 있었기 때문이다.

나는 진심 반 농담 반으로 목사로서 음악치료사로서 그렇게 말씀하시니 내 자신이 너무 좌절이 된다고 하면서 왜 그런 생각을 하느냐고 물었다. 그랬더니 그 참여자는 이렇게 말했다. 자신이 현직에 있을 때는 돈 때문에 매일매일이 지옥이었다고, 남들이 부러워하는 아파트에 살면서도 매일 부인과 돈 때문에 싸움을 했다고, 그런데 지금은 공공근로를 해서 한 달에 백만 원이 안 되는 돈을 벌고 벌집 같은 작은 방에 살지만 천국에서 사는 것 같다고, 노숙 생활을 하면서 내 말 들어주는 사람이 없었는데 내가 이렇게 맘놓고 내 말을 할 수 있고 목사님이 내 말을 들어주니 너무 좋다고 하였다.

나는 그 참여자의 말을 듣고 이렇게 말했었다. 나는 선생님의 말씀을 충분히 이해할 수 있다고, 나도 사람들 앞에서 늘 웃어야 했고 씩씩한 척했지만 속으로는 교회 부흥 때문에, 교회 유지비용 때문에 정말 하루하루 미칠 것만 같은 삶을 살아왔었다고, 내가 음악치료사가 되어 이렇게 딩가딩가 노래도 부르고 하니까 나도 지금이 좋다고. 그러자 그분은 눈을 반짝이면서 자기 말을 들어주고 이해해 주어서 고맙다고 하였다. 이어서 나는 하나님의 은혜를 의지하여 현재에 머물지 말고 다시 내일을 향해 남은 세월을 살아야 하지 않겠느냐고 하니까 노력하겠다고 하였다.

그날 프로그램을 마치고 나오면서 나 자신뿐만 아니라 여전히 목사와 인간으로서 실존적인 문제로 고민하고 아파하는 동료 목사 가정이 생각났고, 또 신앙과 현실 사이에 갈등하고 아파하는 성도들이 생각났었고, 그래서 교회로 돌아오는 길에 차 안에서 "주여, 우리를 도우소서!"를 연발했었다.

(2) 사례 2 : 부부가 된 어느 젊은 남녀 노숙인

프로그램에 참여한 회원들 중에 30대의 젊은 회원이 있었다. 나중에야 두 다리에 장애가 있는 줄 알았지만, 앉아 있는 모습을 봐서는 건강상태가 양호해 보이기에 순간적으로 젊은 사람이 막노동이라도 하면 노숙인의 삶을 살지 않아도 될 텐데 하는 생각을 했었다. 그러나 프로그램 진행 중에 대화를 하면서 잠시나마 치료사답지 않은 생각을 한 것에 대해 뉘우치면서 그 회원을 진심으로 품어 주게 되었다.

그 회원은 청소년 시절 자신에게 가장 익숙한 단어가 '죽음'이라는 단어라고 했다. 그 이유는 청소년이 될 때까지 엄마가 세 번 바뀌었는데, 그 상황이 너무 혼란스러워 매일매일 죽고 싶다는 생각이 들었다고 했다. 그럼에도 불구하고 죽지 않았던 것은 아버지가 자신을 버리지 않았다는 것이다. 그것이 자신의 인생에 유일한 감사 조건이었고, 그 감사한 마음을 가지고 지금까지 살아 있지만, 현재의 자신의 모습이 너무 초라해서 부끄럽다고 했다. 그러면서 그래도 어떻게든 살아 보려고 자활사업에 참여하고 있다고 하였다.

그 회원 역시 나를 잘 따라 주었고, 자신이 다니는 노숙인 교회에서 열심히 신앙생활을 하면서 찬양 봉사를 했다. 그러던 어느 날, SNS를 통해 결혼을 한다는 소식을 전해 왔다. 같이 노숙인 생활을 하면서 같은 교회를 다니는 자매라고 한다. 그들은 어느 기업의 후원으로 결혼을 했는데, 우리 교회는 그들을 아낌없이 축하해 주었다. 형제는 찬양에 은사가 있고 자매는 워십에 은사가 있어서 찬양 사역을 하고 있는데, 우리 교회에도 초청을 했었다. 그 후로도 그 젊은 부부와 SNS를 통해 교제를 하고 있는데, 그들은 우리 부부를 롤 모델로 삼아 열심히 살겠다고 하고 실제로 참 열심히 살고 있다.

2. 군 선교 융합 사역(복음/복지/음악치료)

월 1회 지역 내에 있는 군부대를 방문하여
스트레스가 가장 심한 신병들 위주로
6개월 단위 힐링 프로그램을 진행하는 모습이다.

프로그램 참여 장병들을 교회로 초청하여
파티를 해 주고 있는 모습이다.

부끄럽게도, 교회를 개척한 지 20년의 세월이 흐를 동안 나는 청년들을 단 한 명도 전도하지 못했다. 마인드라든가 재능과 삶의 스타일은 충분히 청년들과 소통할 수 있는 역량이 있는 목사라고 자부하지만, 그래서 이미 교회를 다니고 있는 청년들과는 소통을 하고 있었지만 지역사회 안에 있는 일반청년들과는 소통을 할 기회가 거의 없었다. 설령 사회복지 사역을 하면서 청년 사회복지사들과 연대 활동을 했을지라도, 같은 사회복지사 차원에서 많이 만났을지라도 신앙의 연결고리를 만들 수 없었다. 물론 그것이 나의 전도적 역량 부족을 탓해야겠지만, 암튼 청년들을 단 한 명도 전도하지 못한 사실이 하나님 앞에서 죄송하고 성도들 앞에서 부끄러웠다.

그러던 차에 우리 교회가 군 선교회에 열심을 내게 된 계기가 있었다. 나는 우리 교회가 속한 중서울노회 군 선교부에서 주최하는 진중세례식에 참여할 기회가 있었는데, 그때 큰 은혜를 많이 받았었다. 왜냐하면, 위에서 언급한 대로 나는 교회 개척 후 이십여 년의 세월이 흐를 동안 청년들에게 세례를 준 기억이 없었다. 그런데 진중세례식에서 노회 군 선교부 소속 목사님들과 함께 수십 명의 젊은 청년들에게 세례를 줄 수 있었고, 그것이 내게 큰 은혜와 도전이 되었다.

나는 그것이 하나님께서 목사인 나에게 주신 축복이라는 생각이 들었다. 또 나뿐만 아니라 한국 교회의 거의 대부분의 목사들이 청년들을 전도하기가 힘든 시대가 되었는데, 군대는 다음 세대인 장병들에게 복음을 전할 수 있는 황금어장이라는 생각이 들었다. 그래서 얼마 뒤 나는 교인들에게 군 선교의 가치와 의미에 대해 설명을 하고 우리 교회가 가진 역량 중 일부를 군 선교를 위해 사용하자고 했을 때, 교인들도 이구동성으로 찬성하면서 좋아하였다.

1) 군 선교 슬로건 : 우리 동네 부대는 우리가 섬긴다!

사람들은 흔히 아동교육이나 복지를 말할 때, '아이 하나를 키우기 위해서는 마을 전체가 필요하다.'는 아프리카 속담을 많이 이용한다. 나는 이 속담이 비단 아동에게만 해당되는 것이 아니라 모든 사회적 약자에 해당된다고 생각한다. 그러면 장병들이 사회적 약자인가 하는 질문을 할 수 있는데, 나는 장병들을 돌보기 위한 두 가지 근거를 가지고 있다.

첫째는 사회적 근거이다. 우리는 군대라는 집단의 모순적 구조에 의해서건 장병 개인의 문제이건 간에 장병 한 명이 사고를 일으키면 그 장병 그 부대만의 문제가 아니라 우리 사회 전체의 문제가 되는 것을 종종 경험해 왔다. 따라서 사회가 군부대와 협력하여 장병들이 군복무를 잘 할 수 있도록 지원해 주는 것은 곧 사회의 안녕을 위한 것이기도 하다는 것이다.

둘째는 교회적 근거이다. 교회의 20대 성도 비율은 심각할 정도로 떨어지고 있다. 게다가 청년이 되면서 여러 가지 이유로 교회를 떠나는 경향도 가파르게 상승하고 있으며, 교회에 대한 비판을 넘어 적대 감정을 가지게 되는 청년들도 증가일로에 있다는 것은 다 아는 사실이다. 그 청년들이 군 입대를 하게 되면, 심리적으로 가장 크게 위축되기 쉽다. 실제로 신병 시절에 군 생활에 잘 적응하지 못해 크고 작은 문제를 일으키기도 하고, 부대 차원에서는 장병이 심리적으로 조금 위험하다 싶으면 해당 장병을 조기 전역시킨다.

그런데 교회가 선교적 마인드를 가지고 그런 장병들의 눈높이에 맞는 돌봄 서비스를 제공하고 장병들은 심리적 지지와 지원을 받는 데서 오는 힘으로 군복무를 잘하게 된다면, 그것이 곧 국가와 사회에 기여하는 것이 될 것이다. 또 장병들의 교회에 대한 부정적 시각을 변화시키면서 동시에 군종 목사들에게 장병들을 전도할 수 있는 길을 넓혀 주는 것이 될 것이다. 그래서 우리 교회는 사회적으로는 [우리 동네 부대는 우리가 돌본다!]는 슬로건과 교회적으로는 [우리 동네 부대는 우리 교회가 돌본다!]는 슬로건을 내걸었던 것이다.

2) 구체적 실천 : 융합적 접근법을 사용한 군 선교
우리 교회는 양적으로는 소형 교회이다. 그러나 질적으로는 중대형 교회에 버금가는 선교적 열정과 중대형 교회를 능가하는 사회복지 마인드와 음악치료 역량을 가지고 있다. 그래서 우리 교회는 동네 부대를 섬기기 위한 몇 가지 원칙을 정했다.

첫째는 단회성 과시형 집회 중심의 선교 방식을 지양하고, 돌봄을 필요로 하는 소수를 위한 심리지원 방식의 선교 방식을 지향했다. 지금은 군 선교에 대한 낭만적 전통적 사고를 버려야 한다. 군부대 내에도 장병들의 인권보장이 무척 중요한 시대가 되었다. 그렇기 때문에 장병들의 종교 활동도 철저하게 개인의 선택권이 보장되고, 종교 활동 시에 주어지는 포상휴가 제도도 폐지되었다고 한다. 또 근무시간 외에는 장병들의 개인 시간이 보장되고, 게다가 개인 시간에는 스마트폰 사용도 허용하고 있기 때문에, 장병들에게 있어서 종교 활동은 더 이상 매력이 없어졌다고 한다. 그러다 보니 일선의 부대 내 교회 상황은 매우 어렵다고 한다.

무엇보다, 우리 사회에 만연한 교회에 대한 부정적인 사고가 젊은 청년들을 교회로 멀어지게 하는 주요인 중의 하나라고 할 수 있는데, 암튼 현재는 군 선교에도 발상의 전환이 절실하게 필요한 시점이다. 우리 교회가 지닌 장점은 복음을 사회화, 문화화시킬 수 있는 역량과 남녀노소 좋아하는 음악을 치유화시킬 수 있는 역량을 가지고 있다는 점이다. 그래서 우리가 선택한 전략과 전술은 아래와 같다.

- 참여대상 : 종교 유무에 관계없이 병영생활에 스트레스를 받고 있는 20명 미만의 신병

- 프로그램 : 뮤직&푸드 테라피(음악치료, 간식)

- 제공기간 : 6개월 단위 월 1회로 하되, 마지막 회기는 교회로 초청하여 수료 파티

- 소요예산 : 월 15만 원~20만 원

우리는 우리 동네에 있는 제75사단의 장병들 중, 종교 유무에 상관없이 훈련과 병영생활에 심리적 어려움을 겪고 있는 장병 20명 미만으로 정한 데는 이유가 있다. 사실, 교회는 최소의 비용으로 최대의 복음전파 효과에 집착하는 경향이 있다. 그러나 우리 교회는 우리가 매월 감당할 수 있는 예산 규모에 맞게 정말 필요로 하는 장병들, 그리고 우리가 실제적, 심층적으로 감당할 수 있는 장병들로 제한시켰다. 실제로, 본 프로그램에는 자대 배치받은 신병들 중 참여를 희망하는 20명 미만의 장병들이 참석하였다.

그들에게는 우리 교회가 감당할 수 있는 예산 한도 내에서 무엇보다 장병들이 먹고 싶어하는 간식을 제공하였다. 기본적으로 햄버거와 치킨과 피자를 제공하였다. 우리 교회로서는 정말 최선을 다해 준비한 메뉴였다. 여기에 그치지 않고 다음 달에는 무엇을 먹고 싶으냐고 물었을 때, 참여 장병들 중 용기 있는 장병은 "족발이요." 했고 내가 "좋아~." 하자 다른 장병이 머리를 긁적이면서 "저… 족발이 있으면 막국수도 있어야…."라고 했다.

나는 장병들이 그렇게 자기 의사를 표현하는 것이 너무 고마웠다. 왜냐하면, 그런 의사표현은 우리에게 마음을 여는 표징이었기 때문이었다. 그래서 우리 교회는 그다음 달에 참여 장병들의 요청에 따라 족발과 막국수를 준비해 가서 먹였는데, 먹이는 성도들의 모습과 먹는 장병들의 모습이 참 보기 좋았다.

이어지는 프로그램은 음악치료적 접근 방법을 적용하여 함께 노래를 부르고 함께 악기를 연주하는 것이었다. 지시를 받고 지시에 복종을 하는 수직적 상하관계를 떠나 수평적 관계 안에서 사회적 상호작용을 하면서 음악적 동료가 되어 하나의 음악을 만드는 경험을 하게 하였다. 그러한 과정을 통해 신병들이 자기표현을 자신 있게 하면서 표정이 밝아지는 모습을 볼 수 있었다. 프로그램에 참여한 장병들은 자신들이 수용되는 경험과 억제된 환경 안에서 자유로운 자기표현의 경험의 기쁨을 경험하면서 기독교 혹은 교회에 대한 경계심이 사라지는 것을 느낄 수 있었다.

우리가 진행한 군 선교 프로그램은 철저하게 신병들 중 참여를 희망하는 장병들에 대하여 6개월 단위로 국한되었고, 참여 장병들에게는 신앙에 대한 강요는 하지 않았지만 프로그램은 자연스럽게 교회에서 제공하는 것이라는 정보를 주었다. 그리고 회기가 끝나는 달에는 프로그램 참여 장병들을 교회로 초청하여 푸짐한 식탁이 차려진 파티를 베풀어 주었다.

나는 앞에서 군 선교와 관련하여 교회적인 차원에서는 '우리 동네 부대는 우리 교회가 섬긴다!'는 슬로건과 지역사회적으로는 '우리 동네 부대는 우리 동네가 돌본다!'는 슬로건을 내걸었다고 했다. 그래서 지역주민들이 활동하는 밴드를 통해 프로그램 진행상황을 공유하였는데, 그것이 지역주민들의 마음에 잔잔한 감동을 주었을 뿐 아니라, 지역주민들이 후원에 동참하기도 하였다.

예를 들어, 내가 "장병들이 족발과 막국수를 먹고 싶어한대요. 누가 쏴 주실 분 있나요?"라고 글을 올리면, 지역주민 중에 "제가 쏠게요~." 하면서 실제로 후원을 해 주었다. 또, "수료 파티를 하는데, 장병들에게 삼겹살을 배 터지게 먹이고 싶습니다."라고 하면 역시 적지 않은 비용을 후원해 주기도 했다. 이들은 우리 교회 성도가 아니며, 또 종교 여부를 떠나서 우리 교회가 하는 사역에 감동을 받아 마음을 열고 동참해 준 것이다.

(1) 사례 1 : 훈련소에서 힘들었던 장병의 미소

교회 마당에서 수료 파티를 할 때였다. 실컷 먹고 즐거운 레크레이션도 하고 마칠 무렵, 자대배치 받은 지 일주일도 되지 않은 신병이 자신에게 말할 기회가 주어졌을 때, 떨리는 목소리로 "훈련소에서 견디기 너무 힘들었는데, 오늘 여기서 위로를 다 받았습니다. 감사합니다!"라고 하였다. 나중에 인솔 지휘관을 통해 알게 된 사실이지만, 해당 장병은 훈련소 시절 적응을 잘 하지 못해 어려움을 많이 겪었다고 한다. 그래서 자대에서도 관심을 많이 가지고 살펴보고 있는 중인데, 이번 프로그램을 통해 많이 좋아진 것 같다고 하였다.

이 장병의 사례는 우리 교회가 장병들 중 신병 위주로 심리지원 프로그램을 진행한 주요 이유 중 하나에 부합한 사례이다. 다행스럽게도 요즘은 사회를 떠들썩하게 하는 군 총기사건이 일어나지 않는데, 군대의 특성상 어느 장병이 여러 가지 이유로 총기사고를 일으키면 그 장병만의 비극이 아니라 많은 사람, 나아가 사회적 비극이 된다. 그런 점에서 우리 교회가 많은 장병들 중에서 특히 병영생활에 스트레스와 어려움을 겪고 있는 장병들을 품어 주는 것은 해당 장병들뿐만 아니라 사회를 품는 것이기도 하다고 생각하고, 무엇보다 주님께서 기뻐하실 것이라 생각한다.

(2) 사례 2 : 저 교회를 떠났었는데요…

장병들을 섬기다 보니 어디를 가더라도 장병들이 눈에 띄면 자연스럽게 관심을 가지게 되었다. 동해로 가족여행을 다녀오던 중 강원도 인제에서 저녁식사를 하게 되었는데, 식당 한쪽에서 장병이 혼자서 식사를 하고 있었다. 우리 가족은 고기를 먹게 되었는데, 구운 고기를 접시에 담아 장병에게 다가가서는 먼저 낯선 사람에 대한 경계를 풀게 하기 위해 '나는 목사이고, 내 아들도 곧 군 입대하게 되는데 아들 같아서 그래.' 하면서 고기 접시를 테이블에 내려놓았더니 그 장병은 씩씩하게 "고맙습니다!"라고 하였다. 그리고 아내는 장병이 시켜 먹은 음식값을 장병 몰래 대신 계산하였다.

얼마 후에 장병이 일어나 계산대에 가더니 우리가 자신의 밥값을 대신 내준 것을 알고는 우리 곁에 다가와서 하는 말이 "목사님, 고기 정말 맛있게 잘 먹었습니다. 그리고 밥값 내주셔서 감사합니다."라고 하였다. 나는 "나라를 지켜 주니 우리가 고맙지. 귀대해서 남은 군 생활 잘하길 바래." 했더니 다시 장병은 "목사님… 제가 고등학교 때 정말 열심히 교회를 다니다가 작년 가을부터 교회를 안 나갔는데요, 오늘 다음 주부터 교회를 다시 나가기로 마음먹었습니다. 감사합니다."라고 하였다. 예상하지 못했던 장병의 말에 우리 가족은 큰 감동을 받았다. 동네 부대 장병들이나 길 가다가 만난 장병에게 요식적인 전도의 말보다도 마음을 담은 따뜻한 배려와 친절이 그들의 마음을 움직이게 하는 것 같았다.

하나님은 우리 교회에 [우리 동네 부대는 우리가 섬긴다!]는 프로젝트를 진행하게 하셨는데, 나는 그 사명을 받들면서 생각하게 된 것이 한 교회가 한 부대를 섬기면 하나님께서 참 기뻐하시겠다는 생각이 들었다. 장년 성도들은 헌금으로 청년 장병들을 위해 재정으로 지원하고, 청년들은 월 1회 부대를 방문하여 함께 예배를 드리고 교제를 나누면서 군 선교를 위해 기여를 하는 모습이 개교회의 특별사업이 아닌 한국 교회의 아름다운 일상의 모습이 되면 참 좋을 것이다!

3. 해외 선교 사역

우리 교회는 우간다에 기독교적 노인주간보호 사업을 수출하였다.
위 사진은 우리 부부가 우간다 현지로 가서 음악치료 접근법을 활용하여
우간다 쉬마주 유지들에게 노인주간보호 사역을 통한
하나님 나라 실현에 대해 강의하였고,
현재도 우간다 지도자들과 협력하고 있다.

필리핀 두마게테에 있는 한티아논(jantianon) 교회에
가족음악치료 선교를 가서 아이들과 함께 찍은 모습이다.

한국 교회는 복음 선진국의 선교 열정의 산물이다. 목사의 한 사람
으로서, 그 한국 교회가 이제는 선교 선진국의 반열에 올라와 있다는
것에 대하여 큰 자부심을 느낀다. 동시에, 교회의 생존을 넘어 선교에
기여하는 교회가 되어야 한다는 거룩한 부담을 갖고 목회를 해 왔다.
그 부담은 결국 우리 교회로 하여금 다른 교회와 차별화된 프로그램,
즉 음악치료적 접근법으로 동남아시아와 아프리카 선교를 위해 미약
하나마 헌신을 하게 하였다.

요즘은 너 나 할 것 없이 센터 처치(center church), 혹은 미셔널 처치(missional church)를 많이 말한다. 그런데 사실 우리 교회는 교회 설립 때부터 그러한 교회를 지향해 왔고, 비교적 한국 교회에서 사례를 찾아보기 힘든 결과 및 성과를 얻었다. 그래서 교회는 작지만 지역사회에서는 영향력이 있고, 재정적으로도 자립을 할 뿐만 아니라 지역사회에 기여하는 교회가 되었다.

우리는 여기에 머물지 않고, 해외 선교를 놓고 기도하였다. 문제는 우리 교회가 비록 자립을 하게 되었지만, 여전히 채무가 많았기 때문에 해외 선교를 위해 재정을 투입할 결정을 내리기가 쉽지 않았다. 그래서 고민을 하던 중에 이런 생각이 들었다. 교회 빚을 갚는데 우선순위를 두면 선교는 목회 은퇴할 때까지 못할 수도 있겠다는 것이었다.

또 만약 빚을 다 갚고 나면, 어쩌면 그다음에는 교회 재건축이나 수양관을 지을 욕심을 부릴 수도 있고, 그러면 또 재정난을 핑계대고 선교를 못하게 될 수도 있겠다는 것이었다. 그러면서 우리는 결정하기를 조금은 힘에 부칠 정도의 선교를 하기로 했다. 여기에 더하여, 우리 교회가 가지고 있는 사회복지 역량과 음악치료 역량을 선교 현장에 접목시키기로 하였다.

1) 캄보디아 선교

우리 교회는 아시아선교회를 통해 캄보디아 한상웅 선교사와 협력하여
현지 교회 지도자들의 역량강화를 위한 강의 사역도 하고 있다.

아시아 선교를 위해 설립된 아시아선교회가 있다. 우리 교회는 아시아선교회에 소속되어 있어 매월 일정액의 선교 후원을 하고 있고, 나는 캄보디아 프놈펜에 있는 아시아선교신학교 소속 교수로서 연 1회 한 주간 방문하여 현지 교회 지도자들에게 '목회와 지역사회'라는 주제로 NGO 사역과 사회복지 사역, 심리치료 강의 사역을 해 오고 있다.

캄보디아는 여전히 크메르 루즈의 잔영이 짙게 드리우고 있고, 현지 교회 지도자들도 예외는 아니다. 선교는 복음 전파가 목적이지만, 거룩한 목적을 달성하기 위해서는 현지 사람들이 필요로 하지만 스스로의 힘으로 그 필요를 채우지 못하는 것을 채워 주는 것이 필요하다고 생각한다. 그것이 복음에다가 사회복지, 의료, 교육, 문화예술 및 심리지원 서비스라는 이름의 옷을 입힌 것이라고 할 수 있을 것이다. 이러한 선교 접근법은 바로 우리나라에 복음을 들고 온 선교사들의 선교방법이기도 했던 것이다.

나는 신학, 사회복지학, 음악치료학을 전공한 목사로서, 현지 교회 지도자들에게 목회적 역량을 증가시켜 줄 질 높은 성경 공부와 신학 수업도 필요하지만 크메르 루즈의 잔영을 이겨 낼 심리적 힘을 길러 줄 필요와 목회 현장에 돌아가서 지역사회의 리더가 될 역량을 함양시켜 주는 것도 필요하다고 보았다. 나의 이러한 접근에 대해 현지 교회 지도자들은 매우 긍정적으로 받아들였고, 그들의 생각이 교회의 울타리를 넘어 지역사회로 확장되어 가는 것을 볼 수 있었다.

2) 필리핀 선교

필리핀 두마게테에서 마상룡 선교사와 협력하여 가난한 원주민
[사랑의 집 지어 주기] 운동에 참여하고 있다.

우리 교회는 설립 원년부터 부활절 헌금, 추수감사절 헌금, 성탄절 헌금 등 절기헌금은 구제와 선교를 위해 전액을 사용한다는 방침을 세웠고 실행해 왔다. 초창기는 지역사회 안에 있는 복지시설을 지원해 왔는데, 우리나라의 복지제도가 발전하면서 복지시설에 대한 제도적 지원이 본격적으로 이루어지게 되었다. 그래서 복지시설이 작은 교회보다 재정적으로 형편이 더 낫게 되었다. 그래서 우리는 절기헌금을 복지시설 지원에서 선교 지원으로 전환하였다.

그 대상 지역은 필리핀 두마게테 지역이었다. 지원 대상은 해당 지역 원주민 중 집을 필요로 하는 사람에게 집을 지어 주는 것이었다. 신대원 동기 선교사가 그 지역에서 선교 프로그램 차원에서 '사랑의 집 지어 주기'라는 이름의 주거환경개선사업을 진행하고 있었다. 그래서 우리 교회는 절기헌금으로 그동안 선교사가 추천해 준 세 가정에 집을 지어 주고 공동화장실 1개소를 지어 주었다.

우리 교회 성도들은 경제적으로 여유가 있는 것이 아니다. 그러나 매월 정기적으로 선교헌금을 할 정도로 기본적인 선교 마인드를 가지고 있다. 그런 성도님들이 절기헌금을 가지고 선교지의 가난한 가정의 집을 지어 준다고 했을 때, 정말 기쁜 마음으로 헌금하였다. 그리고 선교사님이 보내온 지어진 집과 그 집에 살 현지 가족들 모습을 보면서 큰 기쁨과 보람을 느꼈고, 그래서 이후로도 계속하여 그 선교 사역에 동참하게 되었다.

또한 우리 가족이 음악치료 선교 목적을 위해 직접 해당 지역을 방문하여 마을 주민들과 아이들을 교회로 초청한 다음 음식을 대접하고, 오보에를 전공하는 딸은 연주를 들려주고, 작곡을 전공하는 아들은 그 마을 아이들을 위해 곡을 만들어 주고, 교회 청년들과 아이들은 함께 자신들의 소망을 담은 가사를 만들어 부르고, 이어서 다함께 악기를 연주하고 찬양을 부르면서 복음을 나누고 은혜를 나누는 시간을 가졌다. 그 후로 지금까지 교회가 운영하는 공부방을 위해 약간의 재정적 후원을 하고 있다.

3) 우간다 선교

우간다의 김신환 선교사와 협력하여
노인복지와 아동복지를 통한 선교의 장을 열어 갈 때,
우간다 정부 지도자들의 호응도가 매우 높아서
전문 선교의 새로운 장을 열어 가고 있다.

2017년 가을, 신대원 동기 선교사를 따라 선진국 견학을 위해 우리
나라에 온 우간다의 도지사 한 명과 여성 국회의원 한 명을 대접할 기
회가 있었다. 식사 후 자연스럽게 서로를 소개하는 과정 속에서 나는
목회를 하며 하나님 나라 실현을 위한 구체적 실천으로서 지역사회
활동과 사회복지와 음악치료 사역을 하고 있다고 하였다. 그러면서
우리 교회의 노인주간보호센터와 아동센터 운영을 소개해 주고, 우리
교회의 이런 사역이 우간다에도 필요할 것이라고 해 주었다. 그러자
그들은 눈물을 글썽이면서 현재 자기들 나라에 우리 교회가 하는 사
역이 정말 필요하다고 하였다. 자신들은 땅도 있고, 건물도 있고, 자
동차도 있기 때문에 우간다로 돌아가면 당장이라도 진행하겠다고 하

면서 운영 전반에 관한 지식을 가르쳐 달라고 하였다.

그들은 우간다로 돌아가서도 나에게 계속 연락을 하면서 방문해 줄 것을 요청하였다. 사실 나는 아프리카 선교는 한번도 생각해 본 적도 없고 아프리카에 대한 막연한 두려움을 가지고 있었다. 그런 내게 아프리카에 있는 우간다 지도자 두 사람이 눈물을 글썽이면서 도와 달라고 했고, 방문을 해 달라고 하였다. 나는 그들의 눈물과 그들의 요청을 접하고는 바울 사도가 환상 중에 마게도냐 사람이 '건너와서 우리를 도우라.'고 하는 요청을 듣고 마게도냐로 간 스토리가 떠오르면서 번민을 하게 되었다.

결국, 우리 부부는 2018년 1월에 그 먼 아프리카 우간다로 선교여행을 갔다. 우리의 선교여행 목적은 선교사가 뿌려 놓은 선교적 토양에 우간다의 지도자들이 기독교 정신이 녹아 있는 노인복지를 시작할 수 있는 토대를 마련해 주는 것이었다. 이 사명을 보다 잘 수행하기 위해 나의 또 다른 전공인 음악치료 접근법을 사용하기로 했다.

첫날 저녁은 우간다의 국회의원이 만찬을 열어 주었다. 그 만찬에는 또 다른 국회의원들과 장관들과 고위 공무원, 대학교 총장과 종합병원장 등 당시 우간다 정부의 고위 지도자들이 참석하였다. 한국에서 우리 교회로부터 받은 대접에 보답하고 또 자신의 나라에 도움을 주러 방문한 우리 부부에게 감사를 표하기 위한 만찬이었다. 식사 후,

서로를 소개하고 난 뒤 그들은 나에게 강연을 부탁하였다. 그래서 나는 방문 목적과 우간다에서의 노인복지를 통한 하나님 나라 실현이라는 주제로 짧은 강연을 하였는데, 먼저 그들 앞에서 우간다의 국가인 'Oh Uganda, Land of Beauty'를 불렀다.

우간다를 방문하기 전 나는 음악치료사답게 그 나라 국가는 무엇이고 그 나라 국민들에게 익숙한 노래는 무엇인지를 찾아 배웠다. 놀라운 것은 그들이 부르는 노래는 거의 대부분 찬양이라는 것이다. 특히 우간다 국가는 하나님을 신뢰하고, 하나님을 찬양하고, 하나님의 도움을 바라고 하나님께서 축복하실 것을 소망하는 내용들로 채워져 있었는데, 목사로서 참으로 감동적인 국가였다. 그래서 우간다를 방문하기 전 그 노래를 익히면서 참으로 많은 은혜를 받았다. 내가 자신들의 나라 국가를 부르기 시작했을 때, 그들은 매우 놀라운 표정을 짓더니 일어나서 다같이 합창을 하는 것이었다. 그러면서 그들은 온몸으로 내게 호의와 신뢰를 보내고 있음을 느낄 수 있었다.

다음으로 나는 선교사의 안내를 받아 데이빗 카비구미라 도지사가 있는 쉬마(Sheema)주로 갔다. 카비구미라 도지사는 신실한 신앙인으로서, 매일 아침 도청 직원들과 함께 예배를 드림으로써 일과를 시작하였다. 우리 부부는 그들과 함께 예배를 드린 후, 쉬마주의 유지들이 모여 있는 강당으로 가서 우간다에서의 노인주간보호사업의 이론에 대한 강의를 하고, 이를 음악치료적으로 적용하는 방법의 실제에 대한 강의를 하였다.

위에서 언급하였듯이, 나는 우간다를 방문하기 전에 우간다 국가와 더불어 그 나라 사람들이 즐겨 부르는 노래 몇 곡을 익혀서 갔고, 또 내가 소유한 음악치료 악기들을 가지고 갔기 때문에 프로그램에 참여한 사람들과 함께 악기를 연주하며 노래를 불렀었다. 그러한 과정 속에서 우리는 쉽게 라포 형성이 되었다. 또 나와 아내가 강의한 우간다에서의 노인주간보호사업 강의가 데이빗 도지사 부부와 쟈클렛 국회의원, 그리고 쉬마주의 유지들의 마음을 많이 움직일 수 있었다.

우리 부부가 선교여행을 마치고 귀국한 지 얼마 지나지 않아 우간다 쉬마주에서 데이빗 도지사 부부가 중심이 되어 노인케어사업을 시작하였고, 우리 교회는 매월 일정액의 재정적 후원을 해 주었다. 그러던 중에 우간다 중앙정부에서도 관심을 가지게 되면서 제도화시키기 위한 준비를 하게 되었다. 이 과정에서 내가 놀란 것이 있다. 아프리카 사람들도 본인들이 정말 필요로 하는 것을 얻기 위해서는 신속하게 움직인다는 것이다.

일반적으로 아프리카 선교 하면 아이들에게 초점을 많이 맞추는 경향이 있다. 그런데 아프리카에도 노부모 부양 문제가 점점 심각해져 가고 있다 보니 노인부양지원 프로그램도 절실하게 필요로 하고 있다. 그런 필요를 느끼는 그들에게 우리 교회가 좋은 아이템과 운영 노하우를 지원해 주었을 때, 그들은 속도감 있게 움직이는 모습을 보여 주었다. 그리고 우리 한국 교회도 그런 경험을 하였지만, 외국의 선교 사들이 조선의 고위 관료들에 신문물의 유익을 경험하게 해 주었을 때 선교의 지평이 보다 넓게 열렸듯이, 우리 부부 역시 우간다에서 오랜 세월 동안 선교하면서 지도자들과 교분을 쌓아 놓은 선교사와의 협력 사역을 통해 보다 효과적인 선교 사역을 감당할 수 있었다.

2년 뒤, 우리 부부는 다시 한 번 방문하여 노인케어 프로그램을 진행할 단기 전문가 과정을 전수해 주기로 했다. 그리고 우간다 가족여성부 관리들과 캄팔라의 우간다개혁신학교 학생들과 포트포탈의 목회자들에게 목회실천으로서의 노인복지와 음악치료 강의 준비도 하였다. 그러나 코로나19 사태가 급격히 악화되면서 선택의 여지가 없이 방문을 취소해야만 했다. 게다가 코로나19 재난이 지속되면서 우간다의 노인케어 사역도 거의 중단 상태에 이르게 되었다. 그럼에도 불구하고 그는 자신의 부인과 함께 우간다에서의 노인케어 사역을 계속하기를 원하고 있고, 우리 교회 역시 끈을 놓지 않고 있다가 상황이 호전되면 적극적으로 지원할 계획이다.

우리 교회 이야기 집필을 마칠 즈음, 그들은 다시 노인돌봄 사역을 시작하였을 뿐만 아니라 청소년 미혼모 돌봄 사역을 시작한다고 하였다. 여학생들이 학교 재학 중 임신을 하게 되는 사례가 종종 발생하는데, 그럴 경우 해당 여학생은 가정에서, 학교에서나 지역사회에서 고립된다고 한다. 그래서 노숙인이 되거나 자살을 하기도 하는데, 데이빗은 도지사 재선에 탈락하고 고등학교 교장 출신인 부인과 함께 노인 돌봄 사역과 청소년 임산부 돌봄 사역을 시작했던 것이다.

나는 그들에게 아이디어를 제공하기를 학생들을 돌보는 것에 그치지 않고 그 학생들이 노인들을 돌볼 수 있는 기초적인 교육과 훈련을 시켜서 돌봄이 필요한 노인들과 연결시켜 주어 상호 지지 세력이 되게 해 주는 것이 좋겠다고 하였다. 그렇게 되면 그 학생들이 출산 후에도 자립을 위한 최소한의 일자리를 얻게 되는 효과가 있을 것이라고 하였다. 그들은 나의 아이디어를 기쁘게 받아들였고, 우리 교회는 절기헌금과 매월 선교헌금을 하기로 하였다. 그리고 우간다를 방문하여 그 학생들에게 기초교육과 훈련을 시켜 줄 계획을 세웠다.

한국의 서울 변방의 작은 교회가 노인복지와 음악치료라는 전문 영역을 가지고 아프리카의 우간다라는 나라의 지도자들의 마음을 움직이고 그들의 협조를 이끌어 내고 그들의 몸을 움직이게 할 수 있었던 것은 첫째는 하나님의 인도하심과 도우심의 결과이고, 둘째는 우리 교회가 우리 교회만의 전문성을 가지고 있었기 때문이었다고 생각한다. 그래서 감히 말할 수 있는 것은, 적어도 우간다 사례에 있어 우리 교회가 하였던 선교 사역은 한국 선교사의 한 페이지를 장식할 수 있고, 또 향후 선교 패러다임 전환을 위한 하나의 시금석 역할을 할 수 있을 것이라고 생각한다.

선교지는 우리나라보다도 더 일찍 복음을 받아들이고 외견상 우리보다 더 기독교적인 나라들이 많이 있다. 우간다라는 나라 역시 영국 식민통치를 받았던 나라로서, 국가에서 공공연하게 하나님을 찬양하고 하나님의 은혜와 도우심을 구할 정도로 기독교적인 국가이다. 그런데 우리 한국 교회 보수신학의 관점에서 보면, 그들의 신앙에는 신학이 결여되어 있고 또 혼합종교의 특성이 많다는 비판을 할 수 있을 것이다. 그래서 많은 선교사들이 선교지로 가서 바른 신학과 바른 신앙을 가르치고 전하려고 노력한다.

나는 그런 선교사들의 노력을 정말 높이 평가하고 싶다. 그러면서 동시에 그들 나라에서 필요로 하는 전문 영역에 복음을 실어 전하는 시도가 작금의 시대에 정말 필요하지 않나 싶다. 내 경험을 놓고 볼 때, 국내가 되었건 해외가 되었건 간에, 목사나 선교사가 신학만을 전공하는 것을 넘어 사회가 필요로 하는 분야를 전공하고 임상 능력을 갖추어 전문 영역 속에 신학과 신앙을 녹여낼 수 있는 그런 목사 그런 선교사들이 많이 배출되어 세계 각지로 파송되기를 소원한다.

특히, 신학과 사회복지학과 심리치료학은 사람을 직접적으로 케어하는 전문 분야이다. 국내 목회 현장도 마찬가지지만 해외 선교 현장에 이 세 분야의 전문성을 가지거나 각 전문가들이 모여 팀워크를 이루어 선교한다면, 보다 효과적으로 선교 사역을 할 수 있을 것이라 생각한다.

4. 지역사회 활동 사역

우리 교회는 지역사회에서 고립된 섬이 아니라
지역 한가운데서 지역사회와 함께 소통하고 호흡하는 교회이다.

우리 교회는 '하나님과 통하고 세상과 통하며 사람과 통하는 교회', '동네 안에 있어 동네 사람을 위한 동네 교회'를 지향하면서, 지역사회 안에서 자원의 블랙홀이 되는 것이 아니라 축복의 통로가 되기를 지향하고 있다. 그런 소망만 가진 것이 아니라, 실제로 우리 교회와 담임목사인 나는 지역사회 속에서 분명한 존재감이 있고, 지역사회에 영향력을 끼치고 있으며, 지역사회가 필요로 하고 적극적으로 지역사회의 필요를 채워 주고 있다. 이것을 교회 용어로 말하면 '미셔널 처치'(missional church)라고도 할 수 있을 것이고 '센터 처치'(center church)라고도 할 수 있을 것이다.

제1기와 제2기 사역 시기에는 주로 사회복지 분야와 문화예술 분야 활동을 많이 했고, 또 시정의 발전을 위한 시민참여 분야와 민관협의체 활동을 많이 했었다. 이러한 활동은 남양주시 전체뿐만 아니라 경기도를 대상으로 한 폭넓은 활동이었다. 그러나 제3기 사역 시기에는 '지역사회'의 개념을 좀 더 축소시켜 우리 교회가 서 있는 동네로 국한시켰다. 그러나 동네에서는 그래도 연륜이 있는 목회자가 너무 동네의 이 일 저 일에 깊이 관여하는 것이 바람직하지 않다고 생각하여 의도적인 거리두기를 하고 있다.

나에겐 여러 해 동안 남양주시의 사회복지 관련 민관협의체를 이끌면서 수많은 일을 하고 수많은 사람을 만나면서 얻게 된 지혜가 있다. 구체적인 사안을 다루다 보면 구성원 간 의견 충돌이 발생할 때도 있는데, 여기에 목사가 연루되면 위신과 체통을 지키기가 쉽지 않다. 교회가 크건 작건 간에 목사는 목사기 때문에 지역사회 속에서 자신의 품위를 자기 스스로 지키려는 노력을 많이 해야 한다.

작은 동네에서는 더 그렇다. 사람들이 목사를 대하기 너무 어려워 보여도 안 되고 너무 가벼워 보여도 안 된다. 대부분의 목회자들은 중용을 지키는 것이 힘들다 보니 목회자끼리 모이고 교회가 서 있는 동네의 이웃 주민들이자 이웃 교회의 성도들이자 자기 교회의 잠재적 성도인 주민들과 함께 동네를 섬기는 일에 협력하려고 하지 않는 경우가 대부분이다. 그러나 나는 동네를 위한 동네 교회를 추구하면서 '가까이 다가가기'와 '한 걸음 물러나기'의 조화를 이루기 위해 무척 많은 노력을 하면서 지역사회를 섬겨 왔다.

지역사회가 우리 교회와 나를 필요로 할 때, 할 수 있는 대로 필요를 채워 주려고 노력하였지만, 그 결과로 유무형의 무엇을 얻으려고 하지는 않았다. 사실 우리 교회는 규모에 비해 인적, 물적 자원이 많은 편이다. 여기서 자원이 많다는 것은 재정이 남아도는 것을 의미하지 않는다. 오히려 늘 긴축재정을 펼쳐야 할만큼 재정이 넉넉하지 않다.

그러나 우리 교회는 교회가 '축복의 블랙홀'이 아니라 '축복의 통로'가 되어야 한다는 철학을 가지고 있기 때문에 교회를 위해 사용해야 할 재정과 지역사회를 위해 사용해야 할 재정을 구분하여 집행을 해 오고 있다. 우리 교회는 목사와 성도들이 그런 마인드를 공유하고 있다 보니 교회의 인적, 물적 자원을 지역사회를 섬기는데 활용할 수 있는 것이다.

자원 면에 있어서, 목사인 나는 다양한 경험을 통해 축적된 리더십과 사회복지와 음악치료에 관한 역량이 있다. 전도사 역시 다양한 재능과 함께 왕성한 활동력을 가지고 있다. 거기에 더하여 성도들은 교역자 팀의 이런 활동을 기뻐하고 지지해 준다. 그러하기에 우리가 '성물'이라고 하는 교회의 다양한 장비들을 지역사회를 섬기는데 사용해 왔고, 동네 행사를 위해 인적, 물적 자원의 지원도 해 왔다.

교회가 자원이 많다고 해도 쌓아 두기만 하면 자원이 없거나 복 없는 교회이다. 그러나 상대적으로 자원이 부족할지라도 그 자원을 세상으로 흘려보낼 수 있으면 그 교회는 자원이 많은 것이고 복이 많은 교회이다. 그런 점에서 나는 우리 교회가 자원이 많은 교회라고 하는 것이다.

1) 오남호수 문화 만들기

지역사회에는 다양한 문화예술인들이 존재하고 각자 왕성한 활동을 하고 있다. 그들은 그렇게 지역사회의 윤활유 역할을 하며 사람들을 즐겁고 행복하게 해 주지만, 반면에 나름대로의 개성들이 있어서 함께 연대한다는 것이 쉽지 않다. 연대를 한다고 하더라도 의견 충돌이 생길 수밖에 없고, 이를 슬기롭게 해결하지 못해 와해되는 경우들이 종종 발생한다. 그런 것들이 싫어서 그냥 독자적으로 활동하는 문화예술인들도 많이 있다.

그 와중에 우리 동네는 동네의 문화예술 관련 동아리들과 연대하기 위해 연합회를 조직했고, 내가 초대회장으로 추대되었다. 회원들은 음악적 기량이나 수준 면에 있어서 나보다 회원들의 수준이 훨씬 높았다. 그럼에도 불구하고 회원들이 나를 회장으로 추대하고 잘 따라주었던 이유는 동네에서 자신들과 같은 마인드를 가지고 문화 활동을 하고 있는 목사이다 보니 목사라는 존재감과 또 그간의 활동을 보면서 자신들이 믿고 따를 수 있는 목사라는 신뢰를 할 수 있었기 때문이다.

우리가 연합 활동을 하기 전 우리 동네는 문화 인프라가 거의 없었다. 그리고 호수도 그냥 예전엔 농경지에 물을 대주기 위한 저수지였으나 지금은 그 기능을 상실한 저수지에 불과했는데, 우리 연합회는 지자체의 지원없이 자발적으로 저수지 옆 공터에서 동아리별로 돌아가면서 주말 공연을 했다. 그것이 오남호수 문화의 시작이라고 해도 과언이 아니다. 지금은 산책로도 잘 조성되어 있고, 음악분수대도 설치되어 있어 많은 시민들이 찾고 있다. 그리고 버스킹 공연도 많이 이루어지고 있다.

그렇게 오남호수 문화가 만들어지기까지 지역사회의 많은 사람들이 헌신과 수고를 해 주었는데, 우리 교회도 그들과 함께 오남호수 문화를 만들어 가는 중심에 서서 삶에 지친 이웃들에게 기쁨과 즐거움을 주면서 주민들의 소통의 장이 되게 할 수 있었다.

2) 마을축제 만들기 사역

요즈음 우리나라에는 지자체 단위 혹은 마을 단위의 지역축제를 많이 열고 있다. 그러나 우리 동네는 지역사회의 여건상 마을축제를 열지 못했는데, 주민자치위원회와 지역사회 내 몇몇 활동가들이 연대하여 오남읍축제운영위원회를 조직하여 마을축제를 추진하게 되었다. 위원들은 조직의 원활한 운영과 성공적 마을축제를 위해 나를 위원장으로 선출하였는데, 위원장으로서 관련 예산 확보와 기획과 실행, 그 진행과정 속에서 발생하는 의견 차이 등 전반적인 사항을 조정하면서 이끌어야 했다.

마을축제를 위한 행정은 지자체 공무원들과의 협력을 하고, 관련 예산은 경기도에 사업제안서를 제출하여 확보하고, 준비와 실행은 위원들과의 협업을 하면서 지역사회의 자원을 발굴하고 후원을 유도하였다. 여기서 우리가 가장 주안점을 두었던 것은 지역사회의 공공 혹은 민간 리더들의 업적 쌓기용 축제가 아니라, 3대가 함께 참여하고, 참여자들이 주인공이 되게 하는 그런 마을축제가 되게 하는 것이었다.

혹자는 그러한 축제를 예산 낭비라고도 한다. 그러나 사회복지와 심리치료 전문가 중의 한 사람인 내가 볼 때는 지역주민에 의해 만들어지는 축제는 준비 과정과 진행 속에 사회복지와 심리치료 마인드를 불어넣으면 각종 스트레스에 시달리는 주민들에게 진정효과와 삶의 활력소 역할을 해 줄 수 있다고 본다. 나는 축제운영위원장으로서 위원들과 함께 그런 마인드를 공유하면서 축제를 준비하였다.

오늘날 우리 사회는 심리사회적 병리현상이 점점 심각해지고 있다. 실제로 우리 지역사회에도 많은 우울증 환자들이 있고 자살자들도 나온다. 우리는 그런 점에서 마을축제를 단순히 놀고 먹는 놀이를 넘어 넓게는 마을축제를 매개로 하여 지역사회 및 가족의 공동체성을 증진시키고, 좁게는 주민의 스트레스와 우울감 해소를 통한 정서수정이라는 심리치료적 효과를 얻게 하는데 목표를 두었다. 우리는 이러한 목표를 가지고 '3대가 함께하는 오남호수축제'를 열었고 성공리에 마을축제를 마칠 수 있었다. 이러한 성공 경험은 마을축제를 지속적으로 진행할 수 있는 원동력이 되었다.

우리 교회는 목사가 축제운영위원장으로서 지역사회를 이끌고, 또 교회에서 동원할 수 있는 가용자원들을 마을축제를 위해 동원하였다. 그러면서도 목사인 나 자신과 우리 교회가 드러나지 않게 하려고 노력을 했다. 그렇지만, 마을축제의 중심에 우리 교회가 있다는 것을 많은 주민들이 알게 되고, 그런 우리 교회에 대하여 마을의 지도자들과 주민들은 고마워하였다.

특히, 주목할 만한 일이 있다. 첫째는 그렇게 마을축제를 위해 교회가 헌신하였을 때, 좋은 동역자를 얻게 되어 함께 지역사회를 섬기면서 시너지 효과를 창출할 수 있게 되었다는 것이다. 결과적으로 교회가 중심이 되어 개최된 마을축제라는 장에 동네 주민이었던 전도사 가족이 참여를 하게 되고, 교회 사역을 하지 않고 일반 직장을 다니고 있던 전도사는 마을을 품는 우리 교회 사역을 보고 21세기 교회상을 실천하고 있다는 판단을 하게 되어 나를 찾아와 교회를 섬기고 싶다고 하였고, 그래서 그 전도사 가족은 우리 교회의 교역자 가족이 되었다. 이제 담임목사인 나는 한 걸음 뒤로 물러나서 필요로 할 때에 지원하는 역할을 하고, 전도사를 지역사회 안으로 파송하여 주민자치위원으로 혹은 카페를 통해 다양한 섬김의 실천을 하게 하고 있다.

둘째, 지역사회에 교회의 영향력 확대가 이루어지게 되었다. 지역사회 안에서 나의 활동은 사회복지사요, 음악치료사요, 문화예술인이며, 동시에 오피니언 리더로서의 활동이다. 그런데 지역사회 안에서 웬만큼 활동하는 사람들은 내가 목사인 것을 안다. 물론 지역주민들 중에는 나의 활동을 지지하고 우리 교회의 사역을 지지하고 돕는 이들도 있다.

반면에 나를 수구꼴통 토착왜구라고 하면서 싫어하고, 진보좌빨 사회주의주자라고 하면서 싫어하는 사람들도 있다. 그러나 많은 시민들은 어느 한쪽에 치우치지 않고 자신들의 마음을 잘 대변해 주어서 고마워하면서 존경의 표시를 해 주는 시민들도 많이 있었다. 예민한 문제이긴 하지만, 나는 가끔 예언자적 사명감을 가지고 정치와 사회 분야에 대하여 목소리를 내고 있다. 그러나 어느 진영에 함몰되지는 않는다. 보수가 되었건 진보가 되었건, 불공정하고 불평등하고 부정의한 일에 대해서는 비판의 목소리를 내었다.

사회복지를 하다 보면, 사회복지인들 스스로 공무원을 갑으로 여기고 자신들을 을로 여기면서 을의 행동을 하는 경향이 있다. 그러면서 감투에 욕심을 부리고 남보다 많은 자원을 가지려고 애를 쓰는 모습을 볼 수 있다. 그러다 보면 스스로 을이 되어 비굴한 모습을 보이게 되고, 사회적 약자의 편에 서기보다는 힘 있는 자를 대변하게 된다. 문제는 사회복지를 하는 목회자들 중에도 그런 사람이 있다는 것이다.

지역사회의 활동가들이 우리 교회에 호의를 가진 이유는 우리 교회는 정말 다른 교회보다 앞서 지역사회의 필요를 파악하고 구호만 외치는 것에 그치지 않고 성육신(incarnation) 정신과 자기 비움(kenosis) 정신을 가지고 하나님께서 주신 달란트와 인적, 물적 자원을 가지고 지역사회를 섬기는데 실천하고 있기 때문이라고 생각한다.

5. 음악치료 사역 활동

지역사회 속의 우리 교회는
사회복지 사역과 음악치료 사역으로 자리매김되어 있는데
제2기는 사회복지로 지역사회를 이끌어 갔다면
제3기 이후부터는 음악치료 사역으로 지역사회를 이끌어 가고 있다.

우리는 동네에 있는 호수를 무대로 하여 공연 활동을 통해 지역사회를 섬겼으며, 나중에는 지역사회 내 문화예술동아리연합회를 결성하여 보다 조직적으로 지역사회에 문화예술 섬김 활동을 하였다. 우리 동네는 서울에 비해, 하물며 같은 남양주시의 여러 동네에 비해 무엇이든지 항상 부족하고 느리다. 그래서 주민들 중 몸은 우리 동네에 있어도 마음은 서울에 가 있는 사람들이 많다. 그래서 우리는 우리 교회가 '동네 안에 있어 동네 사람을 위한 동네 교회'를 지향하는 교회이기에 교회 내적으로는 교회 본연의 사명을 감당하고, 교회 외적으로는 일반은총 차원에서 지치고 상한 이들을 위해 복음에 사회복지의 옷을 입히고, 일반 주민들을 위해 복음에 문화예술의 옷을 입혀서 섬겼다.

그러나 우리는 우리의 존재론적 정체성을 한번도 잊어버리거나 숨기지 않았다. 버스킹 활동을 할 때 사람들이 듣든지 말든지, 박수치든지 욕하든지 말든지 간에 성령의 충만함을 받아 찬송과 CCM만 부르는 것이 아니라, 모두가 잘 아는 동요를 부르고 연주한다거나 하나님의 일반은총이 잘 녹아 있으면서도 대중들 사이에 잘 불려지는 노래들을 부르고 연주하였다.

그렇게 한바탕 신나게 노래를 부르고는 우리 팀 구성원들은 목사요, 전도사요, 성도들이라고 밝힌다. 그러면 주민들은 박수를 쳐 준다. 요즘 교회 부흥이 잘 안 돼서 너무 힘들고, 그래서 우울증이 걸릴 지경이라고 하면 사람들이 박장대소를 하고, 혹시 교회 다니실 생각이 있다면 우리 교회 오라고 하면 또 아멘으로 화답한다. 우리가 그렇게 교회의 전통적인 방법을 탈피하고 일반은총 차원에서 대중문화를 적극 활용하였을 때, '정말 교회다운 교회네요.' 하면서 즉석에서 후원금을 주시는 분들도 있었고, 교회의 식구가 된 사람들도 있었다.

그러다가 우리는 제3기 사역에 들어와서 문화예술 활동에 음악치료 접근법을 적극 활용하였다. 나는 기독교세계관의 관점에 따라 목회란 교회 안과 교회 밖을 아우르는 사역이라고 정의를 내린다. 그런 정의를 가지고 교회를 개척했고, 복음에 사회복지에 옷을 입히고 문화예술의 옷을 입히고자 노력을 해 왔다. 그러던 중에 뒤늦게 음악치료를 박사과정까지 밟게 된 이유가 있다.

첫째, 소위 믿음이 좋다고 하는 목사와 성도들이 그 좋은 믿음으로 교회를 해롭게 하고 사람을 아프게 하는 사람들도 있는 것을 경험하였고, 사회복지 혜택을 많이 받아도 만족하지 못하고 도리어 더 큰 불평과 불만을 토해 내는 사람들도 만났었다. 그 와중에 내가 깨달은 것은 신앙은 좋으나 마음이 병든 사람들과 신체는 건강하나 마음이 병든 사람들은 자신만 힘들게 하는 것이 아니라 자신이 속한 공동체도 힘들게 하고 사회도 힘들게 한다는 것을 깨달았다.

둘째, 우리나라는 OECD 가입 국가로서 모든 삶의 환경이 선진국 수준에 이름에도 불구하고 심리적 건강성은 악화일로를 걷고 있고, 불명예스럽게도 OECD 국가 중 자살율 1위라는 이름을 달고 있다. 그리고 우울증 환자, 충동조절장애 환자를 비롯하여 정신과적 치료를 필요로 하는 사람들이 해마다 급속도로 증가하고 있는 것이 현실이다. 목사와 사회복지사로서 교회 안과 밖의 경계를 자유롭게 넘나들면서 목회를 해 온 나에게는 이러한 현실을 두고만 볼 수 없었다. 그래서 목회자에게는 미지의 영역이라고 할 수 있는 음악치료를 공부하게 되었고, 하다 보니까 박사과정까지 마치게 되었다.

음악이 연주의 완성을 추구한다면, 음악치료는 음악적 경험을 통한 치료적 효과를 발생시키는 것이다. 그리고 음악은 만국공용어라 할 만큼 국적을 초월하여 남녀노소가 좋아한다. 이 음악을 치료적으로 활용할 때 안전성과 효과성이 보장이 된다. 물론 일반적으로 사람들은 유명 연주가나 가수의 노래를 듣는 것을 좋아하고, 그들의 연주나 노래를 통해 카타르시스를 느끼기도 하고 신경호르몬인 엔돌핀이나 도파민 분출로 인한 즐거움과 행복감을 느끼기도 한다. 그러나 단순히 청취자나 관람자를 넘어 자신이 직접 악기를 연주하고 노래를 부르는 주인공이 되는 경험이 주는 치료 효과는 더욱 큰 것이다.

실제로 지역사회에서는 소위 유명 연주인들이나 가수들을 부를 수 없다. 그들이 원하는 만큼의 개런티를 줄 수 없기 때문이다. 그러다 보니 주로 지역사회에서 활동하는 아마추어 음악인들이나 무명 음악인들이다. 물론 지역사회에서 이들이 지역사회에 끼치는 공헌이 크다. 그러나 지역주민 입장에서 주민들이 늘 박수부대가 되는 것을 원하지 않고, 그러다 보니 때로는 지역사회의 음악인들이 만들어 내는 음악 소리를 소음으로 여기기도 한다는 것이다. 교회에서 만들어 내는 찬송 소리가 세상 사람들의 귀에는 아름다운 음악이 아니라 소음으로 들리는 것처럼 말이다.

그러나 자신이 직접 악기를 연주하고 노래를 부를 기회가 주어지면, 즉 자신이 주인공이 되어 자기를 맘껏 표현할 수 있는 기회가 주어지면, 십 분이 아니라 한 시간도 지루해하지 않고 즐기고 행복해한다. 음악치료는 그렇게 진행자 중심이 아니라 참여자 중심이며, 진행자는 배경이 되고 참여자는 전경이 되게 하여 참여자로 하여금 충분히 자기표현을 할 기회를 주면서 자존감 증진과 자기 효능감 증진이 이루어지게 하는 것이다.

우리 교회는 그렇게 하는 것이 가능한 교회이다. 담임목사인 내가 음악치료 전문가이고, 이를 부교역자와 다른 직원과 이웃 음악인에게 전수하였고, 관련 악기들과 장비를 부족함 없이 소유하고 있기 때문이다. 우리는 그렇게 팀을 이루어 공연 활동을 하는데 선교적 마인드로 재능기부하기도 하지만, 소정의 개런티를 받고 활동을 한다. 그리고 우리 프로그램에 참여한 사람들은 우리가 자신들을 맞추어 주는 데서 오는 만족감과 자신들이 전경이 되고 주인공이 되어 보는 경험을 하는 것을 통해 만족감과 행복감을 누린다. 그런 과정 속에서 교회 이야기도 하고 품어 주는 멘트도 할 때, 사람들은 기쁘게 들어주고 수용을 한다.

사회나 교회가 아동복지사업에 관심을 두지 않을 때, 우리 교회는 선구적으로 교회 공간을 아동복지 실천을 위한 장으로 만들어 운영하니 제도가 생기고 많은 단체와 기관들이 아동복지사업에 참여하고 있다. 사회나 교회가 치매 노인 돌봄사업에 관심을 두지 않을 때, 우리 교회는 선구적으로 교회 공간에 치매 노인돌봄센터를 만들어 운영하니 제도가 생기면서 많은 사람들과 기관과 단체가 노인요양사업에 참여하고 있다.

우리 교회는 다시 다른 교회가 가지 않는 새로운 길을 가고 있다. 그 길은 음악치료적 접근을 통한 미셔널 처치를 실현하는 길이다. 이 길은 단지 교회가 생존하는 것을 넘어 지역사회라는 무대에서 마음이 상한 자들을 치유하고 치유받은 자들이 치유받은 사람들을 치유하는 과정을 통해 가정이 회복되고 동네가 회복되고 사회가 회복되고 그래서 하나님 나라 실현을 앞당기는 길이다.

여기서 전통적인 신앙사고를 가진 사람들로부터는 비난을 받을 소지도 있는 이야기를 하려고 한다. 우리가 지역사회에서 공연을 할 땐, 찬송가나 CCM을 거의 부르지 않고, 동요나 누구나 잘 아는 대중가요를 함께 부른다. 또 음악치료 중에 웰니스 음악치료라는 것이 있는데, 그런 방법을 사용하여 청중들조차도 함께 연주가가 되게 하는 방법을 사용한다.

전도와 선교는 우리 기독교의 지상사명이다. 그리고 이제 건강한 교회를 추구하는 교회들은 전도적 교회에서 선교적 교회를 지향하고 있는데, 난 그것이 시대적 요구요 한국 교회의 과제라고 생각한다. 그런데 여전히 그 방법과 실천에 있어서, 여전히 교회는 세상에 나가서도 특별은총을 벗어나지 못하고 있는 경향이 있다. 무슨 말인가 하면, 성도들도 듣기 부담스러워하거나 믿음 좋은 성도들이 받아들일 수 있는 일방통행식 메시지를 전하거나 퍼포먼스를 한다는 것이다.

실제로 교회들이 세상에 나가 그런 방법을 사용했을 때, 그렇게 하는 사람들이야 신앙적 만족을 할 수 있겠지만 정작 주님은 세상 사람들로부터 욕을 먹는다는 것이다. 즉, 주님의 영광을 드러낸다고 한 것이 도리어 주님의 영광을 가리우게 된다는 것이다. 교회 안에서는 특별은총에서 일반은총으로 나아가야 하는 것이 맞지만, 선교적 교회의 사명을 가지고 세상에 나갈 때는 일반은총으로 접근하여 특별은총으로 인도할 수 있어야 하는 것이다.

위에서 말했다시피, 지역주민들은 우리를 오랜 세월 동안 지켜보아 왔기에 우리가 목사요, 전도사요, 성도들인 줄 다 안다. 그래서 나는 지역주민들과 함께 대중가요를 부르다가도 내가 목사라는 것을 밝히면서 '요즘 교회가 부흥이 안 되어 너무 우울해서 병이 날 것 같다.'고 하면 하하하 하고 웃고, 내가 '혹시 교회 다니게 되면 우리 교회 나오세요.' 하면 주민들은 '아멘'으로 화답하기까지 한다. 또, '내가 비록 허당이고 불량감자 같은 목사지만, 그래도 내가 하나님과 좀 친하니까 여러분들을 위해 기도하겠다.'고 하면 주민들은 무척 고마워한다.

물론 우리 교회의 방법론이 표준이라고 말하는 것은 아니다. 그러나 선교적 교회를 지향한다고 하면서 여전히 그 방법론은 전도적 교회에서 사용하던 방법을 되풀이한다면 주님의 영광을 드러내기보다는 도리어 주님의 영광을 가리게 되기 쉽다는 것이다. 그리고 선교적 교회를 지향하기 위해서는 무엇보다 일반은총론적 접근을 할 수 있는 마인드와 역량이 있어야 한다고 본다. 세상 사람들은 일반은총론적 접근도 거부하는 경향이 있는데, 특별은총을 받아들일 준비나 생각이 전혀 없는데 일방통행식으로 전도하면 긍정적 효과보다는 부정적 효과가 더 크다.

음악치료 전문가의 관점에서 볼 때, 교회야말로 음악을 가장 잘 활용하는 곳이요 음악 활동이 다른 어느 단체나 기관보다 활성화되어 있고, 인구 대비 음악인구가 가장 많으며, 음악치료를 위해 필수적인 음악적 역량을 지닌 사람들이 타 기관이나 단체보다 훨씬 많다고 생각한다. 반면에 한국 교회는 사회로부터 외면을 받고 있다. 교육 현장이나 사회복지 현장, 다양한 기관이나 단체 등은 목사와 전도사보다는 사회복지사나 상담사 혹은 음악치료를 비롯한 다양한 심리치료사들을 필요로 한다.

그런 점에서 한국 교회가 특별계시와 일반계시의 균형 잡힌 시각을 가지고 교회의 가장 큰 강점이라고 할 수 있는 음악적 역량을 치료적 역량으로 발전시키면 선교와 전도의 새로운 지평을 열 수 있을 것이다. 또한 사회는 전문가를 필요로 할 때, 대부분 소정의 강사료를 지급한다. 반면에 한국 교회는 목회자와 부교역자들의 생활비 지급도 점점 어려워지고 있는 상황이다. 그래서 이제는 목회자가 별도의 직업을 가지는 것이 자연스럽게 여겨지고 있다. 그것이 현실이라면, 음악적 은사가 있는 목회자나 사모와 교역자들은 음악치료사가 되어 사역하는 것도 한국 교회에 큰 도움이 될 뿐만 아니라 생존하고 생활하는 데도 큰 도움이 될 것이다.

6. 창업공간 지원 사역

포스트 코로나 시대에는 교회 공간이 축복일 수도 있고 저주일 수도 있다.
우리 교회는 공간의 축복을 받았다. 이 축복이 진정한 축복이 되게 하기 위해
교회의 유휴공간을 이웃들의 창업공간으로 내어 주고 있다.

90년대 초에도 교회의 공간 활용 문제에 대한 여러 비판적 소리들이 있었다. 특히 좌파 운동권 학생들이 당시 사치스러운 교회로 판단되었던 강남의 모 교회에 화염병을 투척하려 한다는 괴소문도 나돌았었다. 그 이유는 교회 공간이 사치와 비효율의 대명사로 여겨졌기 때문이다. 물론 교회는 일반 건물과 성격이 다르기 때문에 세상의 건물과 동일시할 수 없다. 그런데 문제는 교회가 조직화되고 비대해지기 시작하면서 율법 시대의 성전 개념에 집착하는 경향을 보이기 시작했고 교회가 점점 가톨릭화되어 가고 있다는 것이다.

그러면서 나는 현대교회는 전통적인 구약시대의 성전 개념, 즉 건물로서의 성전 개념보다는 신약의 성전 개념, 곧 그리스도의 몸으로서의 교회를 지향해야 한다고 생각했다. 또한 그리스도의 몸으로서의 교회보다는 건물로서의 성전을 우위에 두게 되면 교회인 사람이 수단화 대상화되어 버리는데, 이것은 예수님의 성전 정신을 심각하게 위반하는 것이라고 생각했다. 그런 생각을 하다 보니 현대교회는 하나님을 위한 교회임과 동시에 사람을 위한 교회가 되어야 하며, 그런 관점에서 교회 건물은 사람을 위해 효율적으로 사용되어야 한다고 생각하며 그것이 교회가 하나님을 기쁘시게 하는 좋은 방법 중의 하나라고 생각했다.

감사하게도 하나님은 우리 교회에 공간의 축복을 주셨다. 누군가에겐 부러움 그 자체일 수도 있지만, 그 공간은 무거운 짐이기도 했다.

어쩌면 앞으로 빈 공간의 무게감에 짓눌리는 교회들이 많이 나올 가능성도 농후하다. 암튼, 하나님은 우리 교회에 그동안 주중에 수없이 많은 약하고 지치고 상한 이들이 365일 드나들게 하셨다. 또 성도들이 사용하고도 남는 물리적 공간을 넉넉하게 허락하셨다. 이것이 우리 교회이 축복이자 짐인 것에 틀림없다. 그런데 우리는 이 짐을 축복이 되게 하자는 생각을 하였다. 사실 예배당 외 별관은 임대를 주어 임대소득으로 교회 재정에 보탬이 되게 할 수도 있겠지만, 이제 우리 교회는 임대소득이 아니라도 자립하고 지원하는 교회가 되었으니 유휴공간을 사람을 돕기 위한 공공성을 띤 용도로 활용하자는 생각을 하게 되었다.

우리 교회 건물은 크게 세 종류의 용도로 구분되어 있다. 종교집회시설과 노유자시설과 근린생활시설이다. 종교집회시설은 예배를 위한 공간으로, 노유자시설은 동네 아이들과 어르신들을 섬기는 공간으로 십분 활용되어 왔다. 근린생활시설 중 일부는 음악치료연구소로 활용되고 있고, 일부는 예비사회적 기업의 사무실 공간과 카페로 운영되고 있고, 일부는 후기 청소년들 및 청년들의 창업공간으로 활용되고 있다.

1) 사회적 기업활동 공간

동네 주민 한 분이 우리 교회의 근린생활 공간을 저렴하게 사용할 수 있게 해 달라고 요청하였다. 미혼모 가정을 후원하는 사회적 기업을 경영하기 위함이라고 했다. 우리 교회는 그분에게 공익적 목적을 가진 사회적 기업을 하고 싶어하니 일정 기간 무상으로 임대해 줄 것이며, 예비사회적 기업으로 인증을 얻게 되면 다음 사람을 위해 공간을 비워 달라고 했다. 그분은 치열한 경쟁 속에서 일 년여 뒤 예비사회적 기업으로 인증을 받았는데, 심사위원들은 그분의 기업이 교회를 주소로 하고 있는 것에 대해 이유를 물었다고 한다. 그래서 그분은 우리 교회에서 사업 취지에 공감해 주어서 무료로 임대해 주었다고 하였고, 그것이 심사위원들에겐 매우 특이한 사례로 받아들여졌고, 결국 여러 긍정적 요소가 작용하여 예비사회적 기업으로 인증을 받았다. 그래서 애초에 약속한 대로 그 기업은 공간을 비워 주고 다른 곳에 공간을 임대하여 지금도 사회적 기업을 운영하고 있다.

2) 부교역자의 자립을 위한 공간 내어 주기

우리 교회의 담임목사인 나는 그동안 사례비를 한번도 받지 못했지만, 부교역자에게는 최선을 다해 왔다. 그럼에도 불구하고 교회에서 제공되는 사례비로는 한 가정이 살기에는 턱없이 부족한 금액인 것이 현실이다. 그래서 우리 교회는 전도사 부부에게 교회에서 예배 사역의 대가로 지급하는 사례비와 아침저녁으로 노인주간보호센터의 송영을 담당하는 직원으로서의 급여를 제공하고, 교회 공간을 무상으로 임대해 주어 카페를 운영할 수 있게 해 주고는 큰 원칙만 정해 주고 재정이나 운영방식에 대해서는 일절 관여하지 않고 있다. 전도사 부부는 우리 교회의 목회 철학을 잘 이해하여 교회와 지역사회의 가교

역할을 잘하고 있다.

　그러나 공간은 무기한으로 무상 임대해 주는 것이 아니다. 자립을 할 수 있는 적정 기간을 정해 놓고 무상으로 임대해 주는 것이며, 기간이 만료되면 다른 곳으로 발전적 이전을 하게 하든지 임대료를 내고 계속 운영하게 하고, 교회는 그 임대료를 지역사회와 선교 현장을 지원하는 데 사용할 것이다. 그렇게 하려는 이유는 공간 사용자가 책임성과 자립심을 갖게 하려는 것과 교회의 자산을 어느 한 개인이 독점하지 않게 하려는 것이다. 또한 담임목사인 내가 자비량 목회를 해 왔듯이, 부교역자도 교회가 경제적 자립 기반을 마련해 주고 일정 기간 후에 자비량 사역을 하든지 독립을 해서 담임목회를 하게 하기 위함이다.

　이러한 사역은 분명 모험과 위험이 수반된다. 한국 교회에 이런 모델을 찾아볼 수 없는 이유가 그에 따르는 모험과 위험 부담을 감수하려고 하지 않기 때문일 것이다. 그러나 우리는 모험과 위험 부담을 무릅쓰고 도전을 했으며, 현재진행형으로 순항하고 있다. 이것이 가능하기 위해서는 무엇보다 담임목회자가 마음을 비우는 것이 가장 중요한 것 같다. 카페를 통해 전도가 많이 이루어지거나 헌금도 많이 하기를 바라는 마음을 가질 수도 있다. 이것은 욕심이 아니라 당연한 바램이라고 할 수 있을 것이다.

교회 건물은 교회를 위해 존재하는 것이지 부교역자나 어느 한 사람을 위해 존재하는 것이 아니기 때문이다. 그럼에도 불구하고 나는 그런 지극히 당연한 바람조차도 내려놓고 전도사 부부에게 스트레스를 주지 않으며, 내가 커피를 마실 때도 비용을 지불하고 마신다. 전도사 부부는 또 전도사 부부대로 교회 사역도 성도들이 기뻐할 정도로 최선을 다하고 있으며, 카페 운영도 교회의 덕과 유익을 위해 하고 있다.

3) 청년 창업활동 공간지원 사역

코로나19라는 전대미문의 재난이 시작되면서 우리도 많이 당황하고 많이 걱정하고 많이 불안했다. 특히 우리 교회는 일 년 중 거의 매일 노약자를 돌봐 드리는 노인주간보호센터를 운영하고 있기 때문에 날마다 극도의 긴장을 해야 했다. 그런 가운데 하나님은 청년들에 대한 눈이 새롭게 열리게 하셨다. 당장 청년기에 접어든 나의 자녀들의 손발도 묶였고, 아르바이트 자리도 쉽게 얻을 수 없었다. 그런 모습을 보면서 교회가 청년들을 희망고문하면서 사회생활을 소홀히 여기게 하면서까지 봉사하게 하는 데는 열심을 내었지만, 청년들이 사회로 잘 진출할 수 있도록 뒷받침을 해 주지 못했다는 생각이 들었다.

생각이 거기에 미치자 청년들이 교회라는 안전한 공간에서 비용부담 없이 창업을 하여 실패 경험도 하고 성공 경험도 하게 하면 청년들이 사회 진출하는 데 도움이 되지 않겠나 하는 생각이 들었다. 나의 이런 생각을 성도들과 공유했을 때, 성도들도 매우 기뻐하였고, 그래서 나는 청년 담당전도사와 청년들과 함께 직접 공간을 꾸미는 공사를 하여 '해빌리지 마켓'이라는 이름으로 오픈하였다.

청년 창업활동 지원공간은 공유경제 마인드를 담아 쉐어 오피스(share office), 쉐어 마켓(share market), 쉐어 프라핏(share profit)을 실천하는 공간이다. 청년들은 교회에서 마련해 준 하나의 공간에 여러 사람이 각자의 아이템을 가지고 온오프로 창업을 할 수 있으며, 매출의 1%와 순수익의 10%를 각자 원하는 사회복지시설이나 선교지에 후원한다는 운영방침을 정했다.

결과적으로 '성공한 실패'였다. 해빌리지 마켓의 기본 사업은 온 국민의 필수 아이템이 되어 버린 마스크를 납품받아 온오프로 판매하고, 여기에 각자 자기의 아이템을 개발하여 독자적으로 사업자등록을 하여 운영하게 하였는데, 이 두 가지 모두 실패하였다. 마스크 판매는 공급회사가 다른 쪽에 우리보다 훨씬 낮은 가격으로 납품을 해 주고 판매자는 덤핑으로 판매를 하는 바람에 청년들이 이를 당해 낼 수 없었다. 청년들은 그런 모습을 보면서 세상이 만만치 않음을 알게 되었다. 또 각자의 아이템을 가지고 사업하는 것도 첩첩산중이라는 것을 알게 되었고, 의욕만 가지고는 안 된다는 것도 알게 되면서 손을 놓게 되었다.

즉, 우리 교회의 청년창업지원 사역은 시작은 기세 좋게 시작하였지만, 한번 날아 보지도 못하고 추락이라는 실패를 경험하였던 것이다. 그러나 결과적으로 그 실패는 실패가 아니었다. 청년들이 창업을 하기 전에는 갈피를 못 잡는 생활을 했다. 그런데 창업에 실패를 하고 나서는 갈피를 잡았다.

다니던 대학을 포기하려고 했으나 가족의 만류로 휴학을 했던 청년은 창업 실패 후에 복학을 결심했다. 스스로 결심하니 복학해서 열심히 학교를 다니고 있다. 마치 결정장애라도 있는 듯, 이러지도 저러지도 못한 채 살던 청년은 창업 실패를 경험한 후 군 입대를 결정하였다. 실패의 경험이 스스로 자신의 미래를 결정했고, 결정을 하니 결단을 하게 되고, 결단을 하니 행동으로 옮겼다. 그런 점에서 나는 그 실패는 성공한 실패라고 규정짓는 것이다.

청년들의 창업과 실패의 과정을 지켜보면서 한국 교회가 이제는 더 이상 청년들을 희망고문하지 말고 청년들이 교회라는 안전한 토대 위에서 실패 경험도 하고 성공 경험도 할 수 있는 장을 만들어 주는 것이 좋다는 생각이 들었다. 물론 모든 교회가 그러해야 한다는 것은 아니다. 또 그렇게 했을 경우, 그게 교회의 또 다른 짐이 될 수 있을 것이다. 그럼에도 불구하고 우리가 말하는 성전 이외의 교회 공간 중 일정 공간을 마련하여 청년들이 신앙 안에서 창업을 해서 실패도 경험하고 성공도 경험할 수 있는 기회를 제공해 준다면 주님이 화를 내시기보다는 도리어 춤을 추시지 않을까 싶다. 어쩌면 세상도 박수를 쳐 줄 것이다.

그렇게 청년 창업지원은 성공적 실패를 하여 문을 닫았고, 대신 그 공간은 위기 청소년 지원사업을 하는 단체에 무상으로 임대해 주어 지역사회의 위기 청소년들을 돌보게 하였다. 현재 우리나라는 학교중 도탈락위기 학생이나 학교밖 청소년들이 많이 있다. 그러나 지역사회 에 이들을 돕는 지원센터는 거의 없다고 봐도 무방하다. 즉, 위기 청 소년들은 한국 사회복지의 사각지대라고 해도 과언이 아닌 것이다. 우리 교회가 있는 지역만 해도 위기 청소년이 발생하면 다른 지역으 로 보내진다. 그런 점에서 우리 교회가 공간을 그런 사각지대를 메꾸 어 주는 데 사용하는 것도 주님이 기뻐하실 것이라고 생각한다.

7. SNS 사역

페이스북 계정의 커버 모습인데, 일기를 남기듯이 일상을 남기며
다양한 사람들과 소통하고 있다.

나는 옛날부터 얼리어답터 소리를 들었다. 남보다 컴퓨터도 일찍 활용하고 프로젝터도 일찍 활용하고 SNS도 일찍 활용했기 때문이다. 그런데 이러한 첨단문명은 약이 되기도 하고 독이 된다는 것은 주지의 사실이다. 나는 기본적으로 문명의 산물은 가치중립적이며, 그것을 어떻게 사용하느냐에 따라 사람에게 약이 되기도 하고 독이 되며, 하나님의 영광을 드러내기도 하고 가리기도 한다고 생각한다.

나는 요즘처럼 목사가 사람을 만나서 복음을 전하기 힘든 시대에 SNS는 복음 전파의 매우 유용한 수단이라고 생각한다. 그래서 나는 넓게는 페이스북을 통해 다양한 사람들과 소통하고 좁게는 주로 지역사회 안의 다양한 밴드 회원이 되어 소통하며, 일기를 쓰듯이 시를 쓰듯이 에세이를 쓰듯이 글을 올리기도 하고 나의 생활반경 안에서 눈에 들어오는 사물들을 촬영하여 올리면서 나의 정신세계와 신앙세계를 담으려고 노력한다. 그리고 유튜브 크리에이터로 활동하면서 종종 연주와 메시지를 담은 영상을 직접 만들어 올리기도 한다. 최근에는 시니어 모델이 되면서 인스타도 하기 시작했다. 이렇게 SNS 활동을 하면서 내 나름대로 세운 몇 가지 원칙을 유지하고 있다.

1) 사람을 차별하지 않기

나는 SNS를 하면서 가급적이면 내가 먼저 친구 신청을 하지 않는다. 왜냐하면, SNS 친구가 많다는 것은 자랑이 아니며, 현실적으로 친구라는 이름에 걸맞는 소통을 나눌 수 없기 때문이다. 단, 신분이 분명한 사람이 친구 신청을 해 오면 수락을 한다. 현재 페이스북에 1천 6백여 명의 친구들이 있는데, 내가 페이스북에서 활약하는 정도에 비하면 친구가 그다지 많지 않고, 그분들 중에서도 실제 소통하는 사람들은 소수밖에 되지 않는다. 그렇지만, 나의 SNS 친구는 소위 엘리트 친구들, 문화예술인들, 동료 목회자들 외에 동네 주민들에서부터 사회적 약자계층 등 남녀노소와 신분의 지위고하와 빈부를 따지지 않는다. 하물며 노숙인 친구도 있고, 지적 장애인 친구도 있고, 선교지 현장의 친구들도 있고, 필요에 따라 소통을 하기도 한다.

2) 진실된 삶의 이야기 공유

내가 SNS를 하면서 조심하는 것은 내 감정을 배설하는 장 혹은 내 인간적 욕망을 배설하는 장이 되지 않고, 글이나 사진이나 영상 속에 나의 신앙과 나의 삶과 나의 사역의 진실성과 진정성을 담아내려고 노력한다. 실제로 나는 SNS에 남의 말이나 주장이나 모습을 그냥 옮겨다가 나의 사이버 공간을 채우는 것이 아니라, 퀄리티가 높건 낮건 간에 내가 신앙 안에서 살아가면서 생산해 내는 휴머니즘이 묻어나는 사역 이야기와 일상생활 이야기들로 채우고 있고, 그러한 게시물에 나의 진실성과 진정성을 담아내려고 노력을 많이 한다.

나는 스토리텔러가 되어 신앙 안에서 우리 교회에서 빚어지는 이야기들, 우리 교회가 운영하는 복지시설에서 빚어지는 이야기들, 우리 가정에서 빚어지는 이야기들, 우리 교회 정원에서 빚어지는 이야기,

외부 강의나 여행지에서 빚어지는 이야기들 등 내 삶의 모든 현장을 소재로 하여 그 속에 나의 진실성과 진정성을 담아내려고 애를 쓰고 그것이 곧 내가 사람들에게 전하고 싶은 메시지가 되게 한다. 그렇게 했을 때, 사람들은 거부감 없이 잘 받아들이고 서로 지지하고 지원하는 관계형성이 되있다.

3) 긍정 마인드가 녹아 있는 이야기 공유

사람들은 자신이 알고 있는 사람이 힘들어하는 모습을 보면, 모른 체하거나 혹은 위로하고 격려하지만 심리적으로는 거부하는 경향이 있다고 한다. 왜냐하면, 자기 자신도 하루하루 힘들게 살아가는데, 남의 아픈 이야기나 힘든 이야기를 들으면 마음이 더 힘들기 때문이라고 한다. 실제로 우울 에너지를 가진 사람 곁에 있으면 그 우울 에너지가 전이되고, 긍정 에너지를 가진 사람 곁에 있으면 그 긍정 에너지가 전이된다.

물론 나도 하루하루가 힘들고 고되기 때문에 사람들로부터 위로받고 격려받고 싶은 욕구도 있다. 그러나 나의 욕구를 위해 나의 친구들의 마음을 힘들게 할 수는 없고, 도리어 나로 인해 나의 친구들이 위로받고 용기를 얻게 해 주는 것이 SNS 상에서의 나의 미션이라고 생각했다. 그래서 나의 고통과 고난과 고충은 주님께 내어 놓고, 그 가운데서 해피 스토리를 만들어 내기 위해 노력하는 모습들을, 하나님이 허락하신 행복을 누리는 모습들을 나눈다. 특히, 나의 과거의 내밀한 이야기들을 연재 형태로 글을 쓴 적이 있는데, 많은 분량임에도 불구하고 많은 사람들이 나의 이야기 속에 묻어나는 주님의 이야기를 읽고 은혜를 받는 모습들, 남몰래 가슴속 깊이 숨겨 둔 이야기들을 고백하며 자신도 이젠 행복해질 용기를 내겠다고 하는 이들도 있었다.

뿐만 아니라, 나는 우리 교회에서 일어나는 소소한 이야기들, 우리 교회 정원의 사계절 이야기들, 우리 교회가 하는 선교 사역들과 지역 사회 섬김 사역 이야기들도 마치 일기를 쓰듯이 게시하고 SNS 친구들과 피드백을 주고받는다. 그리고 주일예배 실시간 중계도 한다. 사실 시청자들은 매우 소수이지만, 나는 의도적으로 예배를 중계한다. 그 이유는 내가 일반은총의 관점에서 일상의 소소한 이야기들 속에 메시지를 담아 올리지만, 생각이 짧은 사람은 목사가 목사답지 않다고 오해할 수 있기 때문에 목사 고유의 사명 감당을 하고 있는 모습을 보여주어야 할 필요성을 느꼈기 때문이다.

다만, 나는 SNS로 소통을 할 때, 일상의 소소한 이야기들을 생산하고 나누되 남을 가르치려 들거나 훈계를 하려 들지 않고 그냥 남들과 같은 한 존재자로서 있는 그대로의 모습, 그러나 사람들의 마음을 우울하게 하고 힘들게 하기보다는 밝게 하고 긍정적인 글과 사진과 영상으로 소통을 한다. 하지만 위선적이고 가식적인 연기를 하는 것이 아니라 실제로 우리 교회에서 만들어지고 쓰여지는 스토리를 있는 그대로 올리며 그 스토리 속에 진실성과 진정성과 예술성을 담으려고 노력한다.

그리고 게시물엔 나의 지성과 감성만 묻어날 뿐만 아니라 나의 영성이 드러나며, 그래서 내가 올리는 모든 게시물엔 나름대로 내가 전하고자 하는 영적 메시지가 들어 있다. 사람들은 그 게시물을 보고 나와 우리 교회와 우리 교회의 사역에 대해 호감을 가지고 때로는 협력자가 되어 주기도 하고 때로는 기도를 요청하기도 하고 때로는 힐링을 경험하고 위로와 용기를 얻는다고 한다.

4) SNS 사역 사례

첫째, 우리 교회가 동네에 있는 군부대의 신병들을 위한 케어 프로그램을 지역사회와 공유하였을 때, 우리 교회 교인은 아니지만 지역주민 여러분이 우리의 군부대 사역에 감동을 받아 장병들을 위한 간식값을 후원해 주시기도 하고 장병들을 위한 파티비용을 제공해 주시기도 하였다.

둘째, 우리 교회는 필리핀 원주민을 위한 '사랑의 집 지어 주기' 프로젝트에 참여하고 있다. 그것을 지역사회와 공유하였을 때, 지역주민들 중 여러 사람은 우리 교회의 사역에 감동을 받아 본인도 참여하고 싶다면서 헌금을 해 주기도 하였다.

셋째, 지역주민을 위한 힐링음악회를 할 때 재능을 가진 주민들이 동참하여 음악회를 더욱 풍성하게 하고, 교회가 세속적이라고 손가락질을 하기보다는 정말 마을에 필요한 교회라고 하면서 재정으로 후원하는 분들도 있었다.

넷째, 어려운 형편에 처해 있지만 본인의 힘으로는 문제를 해결할 수 없는 이웃들이 있을 때, 그들의 편이 되어 문제를 해결해 주려고 노력하는 과정들을 공유했을 때, 지역주민들도 참여해 주어 문제를 해결할 수 있었던 경우도 있었다.

8. 가든파티 사역

나는 교회 정원 또한 교회라고 생각하며,
이곳에서 여는 파티 또한 특별한 예배라고 생각해서
하나님과 통하고 사람과 통하며 세상과 통하는 파티를 연다.

우리 교회는 도심지역 교회에서는 찾아보기 힘든 정원을 가지고 있다. 담임목사인 나는 주일에는 말쑥한 정장을 차려입은 엘리트 목사의 모습으로 예배를 인도하지만, 평일에는 많은 시간을 작업복을 입고 정원을 다듬는 정원지기로 산다. 말이 좋아 정원지기이지 실은 막노동이다. 그래서 우리 교회 정원은 사시사철 꽃이 피어 있어 사람들의 사랑을 많이 받는다.

이 정원은 사람을 위한 정원이다. 어르신들이 정원을 거니시거나 테라스에 앉아 여가시간을 보내기도 하신다. 또 우리는 봄가을로 가든파티를 한다. 교회 성도와 그 가족들을 위한 파티를 봄가을로 하고, 또 노인주간보호센터를 이용하시는 어르신들과 그 가족들을 위한 파티를 봄가을로 한다. 그리고 2층에 마련된 야외 테라스에서는 다양한 사람들과 차담 파티를 한다. 경건주의, 엄숙주의에 젖어 있는 사람들의 관점에서 볼 때 우리 교회는 불경건한 교회요 먹고 노는 것을 즐기는 교회라고 비판할 수 있을 것이다.

그런데 목사요, 사회복지사요, 음악치료사이기도 한 나는 가든파티를 하더라도 목회 프로그램의 일환으로 한다. 우리가 하는 가든파티에는 어른들과 청년들과 청소년들과 아이들이 함께 밥을 먹고 함께 놀이를 하는 가운데 정원을 가득 채우는 대화 소리와 웃음소리, 어르신들과 직원들과 보호자들이 함께 빚어내는 행복한 모습들과 소리들이 있는데, 나는 이 파티를 '지금 여기에서 경험하는 영원의 천국'이라고 명명하며, 지금 여기에서 영원의 천국을 누리는 경험을 한 사람은 또 하나의 교회인 가정이나 사회에서도 행복을 전파하는 해피 바이러스 역할을 할 수 있다고 생각한다.

비극적인 것이지만, 우리나라의 수많은 교회들 중 교회 안에 평안이 가득하기보다는 다툼과 갈등이 있고, 행복으로 가득하기보다는 불행이 가득하여 눈물 흘리는 목회자와 성도들이 많이 있는 것이 현실이다. 내가 만났던 정신병원의 많은 환자들 중에는 목사와 사모도 있고 장로와 권사와 집사도 젊은 청년들도 있었다. 그 외 정신과 환우들 중에서 기독교 신앙을 가진 분들이 많았는데, 목사로서 이런 현실을 접하였을 때 나는 당황할 수밖에 없었고, 이어서 자괴감이 밀려들었었다. 또 가끔 교회의 경로대학이나 힐링집회에 강사로 초청을 받아 목회적 마인드를 가지고 음악치료 프로그램을 진행할 때 남녀노소, 성도 할 것 없이 행복해하고 치유받는 모습을 보면서 '지금 여기에서 천국을 경험하는 신앙'이 참 중요하다는 것을 많이 느꼈다.

나는 적어도 우리 교회만큼은 영혼 부름과 마음 부름과 배 부름이 있는 파티를 누리는 교회가 되게 하고 싶었다. 그래서 매해 봄가을이 되면 주일 오전에는 함께 예배를 드리고 오후에는 이름하여 해빌리지 가든파티를 열어 3대가 함께 지금 여기에서 저 영원의 천국을 누리게 해 왔다. 파티를 할 때는 담임목사인 나와 전도사가 보타이를 매고 교인 및 교인과 함께 참여한 주민들에게 음식 서비스를 제공하기도 하고 직접 해물파전을 부쳐 드리기도 하고, 아내와 함께 노래와 연주도 하였다. 성도들 역시 가정별로 혹은 직장별로 준비한 솜씨를 발휘하는 등 영혼이 부르고 마음이 부르고 배가 부른 파티가 되게 하였다. 이 파티에 이웃들도 초청하였다.

교회가 이런 파티를 정기적으로 할 수 있는 것은 바로 우리 교회는 대표적인 강소교회 즉 작지만 강한 교회이기 때문이다. 하나님은 담임목사인 나에게 신학과 사회복지학과 음악치료학을 공부하게 하셨고, 이를 통해 형성된 남다른 목회 철학과 마인드를 가지게 되었고, 교인들은 담임목사와 목회에 아낌없는 지지와 협력을 해 주고 있다.

또 교인 수는 많지 않지만 넉넉한 공간의 자가건물을 가지고 있을 뿐만 아니라 비교적 재정상태가 안정적이다. 그래서 우리는 목회 계획을 수립하거나 실천을 할 때 판단과 결정이 빠르다. 그리고 선택과 집중의 묘를 잘 살릴 수 있고, 역할 분배가 쉬어 쉽게 실천을 할 수 있다.

제3기 사역의 기간은 우리 교회로서도 전성기였고, 담임목사인 나에게도 전성기였다. 교회가 크지도 않을 뿐더러 사람들의 눈에 잘 뜨이는 목이 좋은 곳에 있는 것도 아니고, 게다가 우리 교회는 일반교회를 능가하는 예배 프로그램이나 양육 프로그램이 있는 교회도 아니다. 우리 교회의 제3기 사역 기간 중에 절대로 넘어지지 않을 것 같은 중대형 교회들이 넘어져서 경매로 넘어가거나 이단에 팔리는 가슴 아픈 일들이 많이 일어났다. 우리 지역에도 그런 교회들이 몇 군데 있었다. 반면에 우리 교회는 작고 작은 교회이지만, 나는 마치 자유로운 영혼처럼 교회 안과 밖의 경계를 넘나들면서 해피 스토리를 써 왔다.

우리가 말하는 해피 스토리란 '이것'(복음)이 아닌 '저것'(세상 이야기)을 써 왔다는 말이 아니다. 근본주의자들이나 전통적 신앙 가치관을 추구하는 사람들은 우리를 향해 '저것'을 추구하는 교회요, 목사라고 비판할지 모르지만, 우리 교회는 '저것' 속에 '이것'을 담아내고 녹여내기 위해 하나님께서 주신 지성과 감성과 영성을 총동원했다.

즉, 우리는 하나님의 일반은총 속에 특별은총을 담아내 왔고, 우리는 그런 사역을 즐기면서 해빌리지 스토리를 써 왔다. 그런 점에서 우리 교회는 미셔널 처치라고 할 수 있다. 또한, 산 밑의 작은 교회가 지역사회에 선한 영향력을 끼쳐 왔고 오피니언 리더 역할도 했다. 그런 점에서 우리 교회는 센터 처치라고 할 수 있다.

제5장

제4기 사역
내려놓음과 성령의 이끄심에 순종

제2기 사역을 시작하면서 나에게 찾아온 최대의 절망은 하나님께서 나의 기도에 침묵하시거나 거절하고 계시다는 생각이 들 때였다. 교회의 부도 위기, 사소한 마찰로 인한 성도들의 집단 교회 이동, 그런 상황들로 인해 받은 내상과 장마철 홍수가 엄습하는 것처럼 나를 덮친 무기력증과 우울증이 있었다.

감사하게도 하나님은 그 무렵 내게 귀한 깨달음을 주셨다. 하나님은 나의 기도에 침묵하지도 않으셨고 거절하지도 않으셨다는 것이다. 하나님은 나의 기도를 받으셔서 하나님의 계획표에 따라 일하고 계셨다. 그럼에도 불구하고 내가 좌절하고 절망한 것은 내가 하나님께 드렸던 기도들이 내가 원하는 때에 내가 원하는 방법으로 내가 원하는만큼 이루어지길 바랬기 때문이다. 즉, 내가 하나님의 종이라고 고백하고 서원했으면서 정작 하나님이 내 종인 양 착각하고 살았던 것이다.

이런 깨달음과 함께 지나온 발자취를 돌아보니 하나님은 하나님의 때에 하나님의 방법으로 하나님께서 필요하신 만큼 혹은 내가 원했던 것 이상으로 혹은 내가 원하지 않았던 것까지도 이루어 주셨던 것을 알 수 있었다. 이런 깨달음은 나에게 큰 힘이 되었고, 교회에 닥친 위기를 극복하고 제3기 사역의 역사를 써내려 갈 수 있었다.

나는 위의 깨달음을 얻기 전에는 목표지향적이고 성과지향적 성향과 계획과 시간표에 따라 움직이는 정형화된 삶을 살아왔는데, 분명 그것이 인생과 목회에 큰 도움이 되었다. 하지만 그러한 사고방식의 삶이 결정적으로 영적 위기를 불러일으켰던 것이다. 하나님의 은혜로 소생의 기회를 얻게 된 나는 구체적인 목표를 설정하기보다는 '하나님 영광을 위하여' 혹은 '하나님 나라 실현을 위하여'라는 원론적이고 원칙적인 목표를 세우되 세부적인 목표는 세우지 않는다. 또한 내가 세운 목표와 계획표에 집착하지 않는다. 왜냐하면, 내가 세운 목표와 계획이 또 하나의 우상이 될 수도 있다는 것을 깨달았기 때문이다.

나는 성격상 무엇을 시작하면 열심히 하고 성실하게 하고 끈기 있게 한다. 하지만 성과에 연연하지 않는다. 다만 내가 하고 있는 사역과 하고자 하는 사역이 하나님께 의미 있는 사역이 되고 하나님 나라 실현에 기여할 수 있는 사역이 되기를 바랄 뿐이다. 사역에 대한 나의 생각이 그렇게 유연하게 되었을 때 얻은 유익이 있다.

첫째는 나에게도 교회에도 평안이 찾아왔다는 것이다. 어느 교회에서나 마찬가지겠지만, 목사가 내면의 평안을 누리지 못하면 교회도 평안하지 못하게 되는 경우가 많고, 목사가 목회 목표와 목회 계획에 집착을 하게 되면 목사를 비롯하여 모든 교회 구성원들이 교회에서 천국을 경험하기보다는 지옥을 경험하기 쉽다.

제2기 사역 초반 내가 좌절하고 절망했던 것도 나의 목표와 나의 계획이 우상이 되었기 때문이고, 그것이 나와 교회의 평안을 깨트리는 주요한 원인이 되었었다. 그러나 나의 목표와 계획조차 내려놓고 하나님께 내어 맡겨 드렸을 때, 나와 우리 교회는 지속적인 평안을 누릴 수 있었다.

둘째는 우리가 기도했던 것보다 더 많은 것을 이룰 수 있었고, 우리가 기도하지 않은 복도 누릴 수 있게 되었다. 그래서 제3기 사역 기간에는 정말 교회 안과 밖으로 많은 일을 할 수 있었다. 제3기 사역 장에 나열해 놓았듯이, 우리 교회는 큰 교회도 감당할 수 없는 사역들을 감당해 왔다. 우리 교회가 해 온 사역들 중에는 내가 평소 기도하지 않았던 것들도 있고, 또 내가 기도한 범위 이상의 사역들도 있었다.

이 과정에서 깨달은 것은 내가 하나님을 이끌어 가려고 하면 할수록 사역이 막히거나 내가 가진 한계 안에서 사역을 하게 된다는 것이다. 반면에, 하나님께서 나를 이끌어 가시도록 나를 하나님께 굴복시키면 하나님은 내가 기도하고 품은 것보다 더 많고 더 큰 사역들을 감당하게 하시고, 그 사역들을 감당할 수 있는 역량을 개발시키게 하시고 감당할 수 있는 능력을 주시고 없는 길도 내고 닦게 하신다는 것이다.

제3기 사역 시대에 나는 목사요, 사회복지사요, 음악치료사였다. 제4기 사역 시대에는 이 모든 것에 더하여 SNS 인플루언서요 유튜브 크리에이터요, 무인비행기(드론) 조종가요, 시니어 모델이다. 단지 이름만 가지고 있는 것이 아니라 이름에 걸맞는 활동들을 하고 있다. 교회 안과 밖의 경계를 자유로이 넘나드는 광폭의 활동을 하고 있지만, 나의 그런 활동에 대해 나 스스로 목회적 명분을 분명히 세우고 있다. 나의 모든 활동은 기독교세계관 안에서 특별은총과 일반은총의 조화를 이루는 목회 활동인 것이다. 그리고 내 모든 활동의 흔적 속엔 목사로서의 정체성과 내가 전하고 싶은 메시지를 직간접적으로 담아내고 있고 앞으로도 그럴 것이다.

해빌리지 살렘교회 제4기 사역 시대는 포스트 코로나 시대이다. 이 시대에서 우리 역시 내일을 기약할 수 없다. 그러나 우리 교회는 하나님의 은혜로 작지만 강한 강소교회가 되어 교회를 유지하고 운영하는 데 큰 어려움이 없을 뿐만 아니라, 그동안 축적된 역량으로 목회의 새로운 지평을 열 수 있을 것으로 기대한다.

포스트 코로나 이전 시대는 많은 교회들이 교회 안에서 모여서 드리는 예배, 각종 훈련과 공부, 소그룹 모임 등 그들만의 리그 안에서 신앙생활을 해 온 면이 많다고 할 수 있다. 그러나 포스트 코로나 시대는 목회자건 성도건 간에 자신들만의 리그를 벗어나 세상 한가운데로 들어가서 만인제사장의 교리에 따라 각자 세상 속 거룩한 제사장이 되어 살 것을 요구받는 시대이다. 즉, 포스트 코로나 이전 시대는 모이는 교회를 지향해 왔다면 포스트 코로나는 흩어지는 교회가 되어야 한다는 것이다.

여기에 두 가지 도전이 있다. 첫째, 목회자는 자신의 삶을 스스로 영위하면서 목회적 사명과 선교적 사명을 감당할 수 있어야 한다는 것이다. 둘째, 성도는 목사 의존형 성도에서 교회에서 영적 자양분을 공급받은 제사장 마인드를 가지고 세상 한가운데로 들어가서 그곳에서 선교적 신앙인의 삶을 살아 내야 한다는 것이다.

그런 관점에서 우리 교회는 제4기 사역 시대에도 하나님과 통하고 사람과 통하며 세상과 통하는 교회, 동네 안에 있어 동네 사람을 위한 동네 교회, 축복의 블랙홀이 되는 교회가 아니라 축복의 통로가 되는 교회를 지향하며 현재진행형으로 그리스도의 몸으로 자라 가는 교회가 되기 위해 노력할 것이다.

문제는 한국 교회가 코로나19 이전 시대처럼 집회 활동과 전도 활동을 할 수 있느냐 하는 것이다. 목사로서 그렇게 되길 간절히 소망하지만, 우리는 예전의 교회로 돌아가기 힘들다는 것을 인정하고 포스트 코로나 시대에 부합한 목회 전략과 방법들을 강구해야 하는데, 나는 그동안 해 온 우리 교회 사역과 나의 특화된 목회 활동이 포스트 코로나 시대에 더 빛을 발할 수 있을 것이라 생각한다.

여기까지 읽어 온 독자들은 [해빌리지 살렘교회 이야기]는 결국 [김동문 목사 이야기]이구나 하는 생각을 할 수도 있을 것이다. 그 점은 내가 이 책을 쓰는 내내 머릿속을 맴돌았던 생각이다. 그런데 개척교회 혹은 소형 교회는 그럴 수밖에 없다. 목사가 만능 엔터테이너 혹은 6백만불의 사나이나 슈퍼맨, 아이언맨이 될 수밖에 없다. 말씀을 전하는 설교자이기도 하고 교회를 관리하는 사찰도 되어야 한다. 나 같은 경우는 이걸 긍정적으로 받아들여 목회적 역량을 강화시켜 왔는데, 지금 드는 생각은 그것이 바로 포스트 코로나 시대를 위한 준비가 아니었는가 싶다.

내가 전망하는 포스트 코로나 시대 목회는 자비량 목회를 하면서 교회 안과 교회 밖의 물리적 경계와 온오프(on-off) 세계를 자유로이 넘나들 수 있어야 하고, 그 모든 활동에 목사의 정체성과 다양한 방법을 통해 목회적 메시지를 남길 수 있어야 한다고 생각한다. 즉, 성도들을 동원하는 목회가 아니라 목회자 자신도 하나님 나라 일꾼의 한 사람으로서 세상 깊은 곳으로 들어가는 모습을 보여 주어야 한다는 것이다.

포스트 코로나 시대에 맞는 우리 교회의 제4기 사역은 그동안 쌓아 온 목회 경륜을 활용하여 새로운 길을 열고 있다. 우리 교회는 여전히 거기에 서 있어서 하나님을 예배하며 하나님 나라 실현을 위해 쓰임을 받을 것이다. 감사한 것은 현재 우리 교회 성도들은 제1~3기 사역을 해 오는 동안 나의 다면적 전천후 목회 활동을 적극 지지하고 지원하는 세력이 되어 주고 있다. 이것이 우리 교회의 강점이요, 목사인 내가 하나님께서 주신 은사를 맘껏 꽃피울 수 있는 기회이다.

나는 목사의 가장 큰 고통은 사명감 없이 목회하는 것이라고 생각한다. 그에 버금가는 고통이 있다면, 바로 하나님께서 자신에게 주신 목회적 은사를 마음껏 사용하지 못하는 것이 아닐까 싶다. 역으로 말하면, 목사는 사명감을 가지고 자신의 은사를 마음껏 펼칠 수 있을 때 가장 행복한 것이라고 할 수 있다.

그런 점에서 나는 포스트 코로나 시대는 목사가 행복하게 목회할 수 있는 새로운 장이 열렸다고 생각한다. 그런 점에서 나는 성령의 이끌림을 받아 그동안의 다면적 다중적 전천후적 목회를 하면서 쌓은 나의 경륜과 전문성과 능력을 보다 역동적으로 발휘할 수 있는 세상이 바로 지금이라고 생각한다.

1. 음악치료 사역과 제자 양성 사역

우리 교회에서 운영하는 해빌리지융합치유연구소는
한국직업능력개발원으로부터 민간자격등록번호를 부여받아
음악치료 후진을 양성하고 있다.

첫째는 기독교라는 울타리를 벗어나 삶의 전 영역을 아우르는 음악 치료 전문가로서의 강사 사역이다. 목사로서 성도들에게 성경 말씀을 잘 가르쳐 주는 사역이야말로 거룩하고 고귀한 사역이라고 할 수 있을 것이다. 그러나 목사에게는 무엇보다도 가장 우선이면서 우위에 있는 복음 전파자의 사명이 있지 않은가! 그런데 매우 유감스럽게도 지금 세상은 목사가 세상 사람들에게 복음을 전파할 수 있는 길이 점점 막히고 있다. 하지만 목사이면서 음악치료사인 나의 경우 아동복지시설, 노인복지시설, 지역사회의 일반주민들, 노숙인시설, 병원이나 요양원, 공공기관, 방송국, 해외 선교 현장 등 남녀노소와 인종을 초월하고 공간을 초월하여 활동을 했다. 그렇게 수많은 사람들을 만나면서 음악치료 프로그램 속에 하나님의 은혜와 사랑과 복음을 실었다. 그리고 그 길이 점점 더 열리고 있다.

그와 더불어 해빌리지융합치유연구소를 통해 음악치료 제자들을 양성하는 사역을 보다 활발히 할 것이다. 그동안 우리 연구소를 통해 배출된 음악치료 제자들 역시 이곳저곳에서 유급 강사로 활동을 하고 있다. 내가 가지고 있는 한국 교회에 대한 전망은 고령사회의 여파와 코로나19 여파, 그리고 세상 사람들의 교회에 대한 반감 등의 이유로 교회는 마이너스 성장에 가속도가 붙을 것이라고 본다.

이 현상은 우리를 더욱 낙심하게 하고 좌절하게 할 수 있지만, 나는 오히려 교회야말로 현 시대의 대안이 될 수 있다고 생각한다. 적어도 우리나라에 한하여, 지금은 배고픈 것이 문제라기보다는 마음이 아픈 것이 문제가 되는 시대이다. 그래서 정부는 민간자격까지 인정해 주면서 상담 및 심리치료 지원사업을 펼치고 있다. 반면에 교회의 젊은 교역자들과 유급 사역자들은 교회 쇠락의 여파로 점점 설 자리를 잃어가고 있다. 그러나 만약 교역자들이나 유급 사역자들이 각자 자신들의 은사들을 활용할 수 있는 자격증을 취득한다면 위기가 곧 기회가 될 것이다. 실제로 나는 목사로서가 아니라 음악치료사로서 동네의 학교들과 복지관들과 관공서, 방송국 등 유급 강사로 많이 활동해 왔고, 그것이 교회를 유지하고 가정을 유지하는 데 많은 도움이 되었다.

따라서 우리 교회는 담임목사인 내가 음악치료 박사과정까지 마친 전문가이고 임상음악사라는 민간자격증까지 발급할 수 있는 연구소를 운영하고 있기에 우리 교회를 넘어 한국 교회를 도울 음악치료 전문가를 양성하는 사역을 보다 활발하게 전개해 나갈 것이다. 심리치료 현장에서 보면, 음악치료에 대한 호응이 좋고 치료 효과도 좋다. 그런데 교회 안에는 음악에 익숙한 교역자들이나 성도들이나 청년들이 많다.

그런 점에서 나는 목회자들이나 성도들의 마인드가 바뀌어 지역사회 안에서 교회의 존재 의미와 사역의 의미를 재발견한다면, 각자 가진 은사들을 세상이 필요로 하는 자원화할 수 있을 것이다. 이를 통해 위기의 시대에 교회가 세상을 품을 수 있고, 세상은 교회를 필요로 하고, 그러하기에 교역자들과 성도들과 청년들의 사역과 삶의 길도 열어 주는 상생의 구조를 만들 수 있다고 생각한다. 그런 생각에 따라 우리 교회는 내가 운영하는 해빌리지융합치유연구소를 통해 한국 교회를 위해 음악치료 제자들을 양성하는 사역을 보다 활발하게 할 것이다.

2. 일인 미디어 사역

유튜브 크리에이터로 활동하면서 일상의 삶 혹은 특별한 이벤트라는
그릇 속에 복음을 담아내고자 노력하고 있다.

둘째는 SNS 사역과 유튜브 크리에이터 사역이다. 목회자들이나 신앙이 깊은 성도님들 중에는 SNS를 속된 것으로 여겨 멀리하거나 최소한의 소통을 위한 도구로 사용하는 사람들이 있다. 반면에 나는 SNS 활동을 매우 활발하게 하고 있고, 종종 유튜브 영상도 직접 만들어 게시하기도 한다.

목회자가 SNS 활동을 많이 해도 되느냐 안 되느냐 하는 문제는 옛날에 교회 안에 기타와 드럼을 사용해도 되느냐 말아야 하는 문제와 논리적으로 맥을 같이한다고 할 수 있다. 중요한 것은 가치중립적인 문명의 이기들을 하나님 나라를 흥하게 하기 위한 선한 도구로 활용하느냐 하나님 나라를 쇠하게 할 악한 도구로 활용하느냐일 것이다.

외람된 말이지만, 나는 25년간 우리 교회를 담임하면서 전도를 많이 하지 못한 것에 대해 늘 마음의 짐을 가지고 살았다. 물론 25년 세월 동안 복음에 사회복지의 옷을 입히고 문화예술의 옷을 입혀서 복음을 전해 왔다. 그럼에도 불구하고 보다 적극적으로 사람들에게 복음을 전하는 삶을 살아오지 못한 점이 하나님께 늘 죄송했었다. 그런데 SNS와 유튜브 방송을 하면서 그 마음의 짐을 내려놓을 수 있었다. 왜냐하면, 나의 SNS 활동을 그저 인간 김동문의 욕구를 배설하는 장이 아니라 나의 영성과 지성과 감성을 잘 버무려 복음을 전하는 장으로 십분 활용하고 있기 때문이다. 그렇다고 관련 장비를 거창하게 가지고 있는 것도 아니다. 스마트폰 한 대로 대부분의 SNS 활동을 한다.

제3기 사역 이야기에도 언급했지만, 내가 SNS에 게시하는 글과 사진과 영상들이 누군가에게는 위로가 되고 힘이 되고 소망을 가지게 되고 용기를 가지게 됨을 팔로워들의 반응을 통해 알 수 있었다. 사실 현대인들은 '예수 천당, 불신 지옥'을 외치는 사람이나 상식적이지 않고 무뢰한 방식으로 전도하는 사람들에 대해 부정적인 것을 넘어 분노감까지 표현한다.

그러나 신앙인들이 신앙 안에서 빚어내는 휴머니즘과 로맨티시즘과 진실성과 진정성이 녹아 있는 아름다운 스토리에는 공감도 하고, 공감이 되니 동감해 주고, 동감이 되니 협력자가 되어 주기도 했다. 또 자신의 삶에 어려움이 있으면 기도 요청도 하는 것을 보면서 그렇게 SNS와 유튜브를 통해 많은 사람들에게 복음을 전하는 것에 대해 하나님께 자랑을 하고 싶은 마음도 들었다.

나는 내가 생산해 내는 글이나 영상에 직간접적으로 하나님을 향한 신앙과 하나님의 은혜를 담아내고 있다. 물론 그렇게 했을 때, 구독자 수가 늘지 않고 조회수가 늘지 않는다는 것을 잘 알고 있다. 그럼에도 불구하고 내가 그런 전략을 고수하는 것은 세상의 인기를 끄는 유튜버가 되어 돈을 벌려는 데 있지 않고 하나님이 기뻐하시는 복음 전파자가 되고 싶기 때문이다. 앞으로도 나는 그런 태도와 자세를 유지하여 하나님의 이름과 교회의 이름을 걸고 나의 영성과 지성과 감성을 잘 녹여내는 일인 미디어 사역자로서의 삶을 살 것이다.

SNS 활동에 관하여, 사실 나의 SNS 활동은 나를 보호하는 방어막이기도 하다. 나의 SNS 친구들은 대부분 나의 광폭 사역을 잘 안다. 나는 나 스스로를 허당이라 지칭하고 불량감자라고 지칭하지만, 실은 교회와 가정과 사회복지 현장과 음악치료 현장을 주축으로 활동하고 나의 그 활동 속에 아내와 자녀들의 삶도 함께 녹아 있는 것을 발견하게 된다.

이러한 모습은 사람들이 내게 가까이 다가올 수 있는 심리적, 물리적 거리의 한계를 설정해 놓는 것이기도 하고 나 역시 사람들에게 다가갈 거리를 나 스스로 설정해 놓은 것이도 하다. 나는 이것을 나와 너를 위한 심리적 안전거리라고 규정한다. 또한 나의 왕성한 SNS 활동은 나 스스로를 무너뜨리지 않게 하려는 가상한 노력이기도 하다.

나는 병적으로 '좋은 사람 콤플렉스'에 빠져 사람들에게 인정을 받고 싶어 안달이 난 목사가 아니다. 그냥 실존하는 존재자로서 가급적이면 할 수 있는 한 내 재능을 최대한 발휘하여 멋지고 아름답고 좋은 일상을 만드는 것이 더 좋다고 생각하고, 그러한 삶을 연습하는 실제를 SNS를 통해 사람들과 나누어 오고 있다. 그런데 그것을 통해 남에게 인정받고 싶은 욕구가 생기는 것이 아니라, 지금까지 할 수 있는 한 멋지게 살려고 노력하면서 쌓아 온 목사로서, 한 가정의 남편으로서, 아빠로서의 자화상을 계속 유지하고 발전시켜 나가고 싶은 욕구가 생긴다는 것이다.

대단히 유감스럽고 슬픈 일이지만, 주변에 사람들이 흔히 말하는 목회에 성공한 목사들이 사회적 활동을 하지 않고 자기 세계 속에 갇혀 살다가 어느 날 치명적 실수를 하여 한순간에 교회와 가정을 잃어버리는 것을 보았다. 나는 심리치료 전문가로서 배운 것도 있지만, 내 주변에서 나와 비슷한 연령대의 동료 목회자들이 그렇게 비참하게 역사의 뒤안길로 사라져 가는 것을 보면서 사람이 자기 세계 안에 갇혀 사는 것이 얼마나 무서운지, 사회적 활동이 얼마나 중요한지 절실하게 깨달았다.

그리고 목사의 삶은 누가 지켜 주는 것이 아니라 자기가 자기의 삶을 지켜야 한다는 것이다. 그래서 나는 내가 직접 만들어 낸 나의 삶의 모습들을 SNS에 올리고 팔로워들과 살가운 소통을 한다. 그러나 팔로워들의 반응에 일희일비하기보다는 카메라 앵글에 잡힌 내 현재의 모습을 보고 내 미래의 모습을 상상해 보는 시간을 자주 갖는다. 암튼 나에게는 그러한 SNS 활동이 나를 지키는 방법이기도 하고 나를 발전시키는 방법이기도 하다.

3. 한국 교회를 위한 모교 후배 장학 사역

양성된 인재를 소비하는 교회가 아니라, 하나님 나라 실현을 위한 인재 양성을
위해 총신대학교 신학과 학생들을 대상으로 장학사업을 시작하였다.

목사인 나의 인생도 하나님의 은혜를 빼고는 말할 수 없듯이, 오늘의 우리 교회도 하나님의 은혜를 빼고는 말할 수 없다. 너무 힘들게 목회를 할 때는 잘 몰랐는데, 어느 정도 안정이 되면서부터 내 마음속의 짐을 의식하게 되었다. 크게 세 가지 짐이었다.

첫째, 우리 부부가 처음 개척을 할 때 가졌던 꿈 중의 하나가 기드온의 300 용사와 같은 하나님의 일꾼을 양성할 대안학교를 세워 운영하는 것이었다. 물론 지역사회의 아이들과 청소년들에게 우리 교회가 울타리가 되어 주기도 하고 병아리를 품는 암탉 같은 역할을 해 주기도 하였지만, 본격적으로 인재를 양성하는 사역을 하지 못한 데서 오는 마음의 짐이 있었다.

둘째, 나는 두 믿음의 어머니의 양육과 지원으로 총신대학교 신학과를 입학하고 졸업할 수 있었다. 즉, 나는 두 믿음의 어머니들로부터 사랑의 빚을 많이 졌던 것이고, 그것이 마음의 짐이 되어 내 가슴을 묵직하니 누르고 있었다.

셋째, 오늘의 나와 우리 교회가 있는 것은 모교에서 배운 신학 교육과 목회자로서의 소양 훈련을 받았었기 때문이다. 즉, 나는 모교에 대한 마음의 빚을 가지게 되었다. 많은 사람들이 그러하겠지만, 나에게도 모교에 대한 애증, 즉 사랑하는 마음과 미워하는 마음의 양가감정이 있었다. 그런데 그동안에는 사랑하는 마음보다 미워하는 마음이 앞섰었다. 하지만 어느 때부터인가 모교에 대한 미움이 사랑으로 변하면서 빚진 자 의식이 생겼다.

1) 장학사업의 동기와 내용

우리는 세 가지 마음의 빚을 갚는 길이 바로 모교의 후배들을 위한 장학사업을 하는 것이라는 결론을 얻었다. 그래서 방법을 모색하던 중에 현재의 나는 대학 시절에 고민하고 연구해서 얻은 답을 목회 현장에서 구현해 나가고 있다는 것을 깨닫게 되었다. 그러면서 장학사업을 하되, 단순히 등록금을 주는 것에 그치지 않고 한국 교회 발전 방안에 대한 학술논문대회를 마련하고 이 대회에 참가하여 소정의 연구결과물을 낸 학생에게 최우수상에겐 300만 원, 우수상에겐 200만 원, 장려상엔 각각 50만 원을 상금으로 지급하되, 이 학술논문대회를 내가 은퇴할 때까지 해마다 진행하는 것이 좋겠다는 생각을 하였다.

신학생들이 신학교 다닐 때 자신의 사역에 대해 정직한 질문을 하고 정직한 답을 얻지 못한 채 신학교를 졸업하고 목회 현장에 나오면 방황을 많이 하게 된다. 아무런 생각없이 자신이 비판했던 목회자의 모습을 닮아 가기도 하고, 이 세미나 저 세미나를 다니는 중에 세미나 바리새인이 되기도 하고, 자기 목회를 하지 못하고 다른 사람의 목회를 흉내내기에 급급하게 되기 쉽다. 또 한 곳에 정착하여 받은 바 사명을 감당하기 위해 자신의 인생을 걸기보다는 이리저리 옮겨다니고 그러다 보니 항상 불안정한 목회를 하게 되는 경우도 있다.

나의 경우는 대학 때 한국 교회와 앞으로 내가 할 목회에 대해 많이 고민하고 연구하던 중에 나름대로 내가 해야 할 목회에 대한 답을 얻었다. 그리고 30여 년의 세월이 흐르고 있는 지금도 나는 대학 때 얻은 답을 가지고 목회를 하고 있다. 서울 변방의 외진 곳에 개척하여 평생을 한 곳에서 사역을 하며 나름 유의미한 목회적 열매를 맺고 있는 것은 대학 때 고민하고 연구하여 답을 얻었기 때문이라고 생각한다.

그래서 매해 신학기부터 총신대학교 신학과 후배들을 대상으로 하여 학술논문대회를 고지하여 참여시키고 교수진의 엄정한 심사를 거쳐 수상작들을 종교개혁기념주간에 시상을 하면 좋겠다고 생각하였다. 나는 이러한 생각을 성도들에게 밝혔고, 성도들은 기쁘게 수용해 주었다. 그리하여 마음의 빚진 자 의식을 가진 우리 부부가 매년 400만 원을 후원하고, 교회 차원에서 매년 200만 원을 후원하기로 했다.

그 후 총신대학교와 우리 교회는 장학사업과 관련한 협약을 정식으로 맺었으며, 총신대학교 신학과 주관 하에 제1회 총신대학교 신학과 학술대회를 진행할 수 있었다. 첫 해에는 준비기간이 짧았지만, 그래도 9명의 후배들이 참여를 하여 2021년 종교개혁기념주간 마지막 날에 시상식을 하였는데, 이제 마음의 빚을 한 번밖에 갚지 않았음에도 불구하고 마음이 많이 가벼워졌고, 하나님께서 기뻐하시리라는 확신이 들었다.

2) 장학사업의 배경

내가 교회 차원에서 이러한 장학사업을 하게 된 데는 현장 목회자로서 한국 교회에 대한 위기의식이 있었기 때문이다. 나는 교회 개척 25년차의 중견 목사이며, 지역사회 속 깊숙이 들어가 사역을 하면서 사회변화에 대한 흐름을 읽어 내고 어느 정도 미래를 통찰할 수 있는 안목을 지니게 되었다. 게다가 우리는 그 누구도 경험해 보지 못한 코로나19 재난을 겪으면서 우리가 아름답고 고귀하게 여기면서 온 힘을 다해 지켜 왔던 교회의 전통이 너무나도 쉽게 붕괴되는 모습을 목도하면서 무기력함을 느껴야만 했다. 그 와중에 '포스트 코로나 시대의 한국 교회'라는 주제로 한 '세미나 상품들'이 쏟아져 나오고 있기도 하다.

물론, 발등에 떨어진 불을 끄는 것이 시급하다. 그래서 설익은 것이라 할지라도 포스트 코로나 시대의 한국 교회를 위한 고민과 방법을 찾아가는 작업이 반드시 필요하다. 하지만 나는 후배들이 목회 현장에 나왔을 때 얕은 물가(안정적 교회환경)에서만 첨벙거리면서 목회를 하는 것이 아니라, 깊은 물(도전과 시련이 있는 세상 속)로 들어갈 수 있는 용기와 실천 방안과 실천할 수 있는 역량을 갖추게 하는 것도 중요하다고 생각하였다. 이를 위해서는 나처럼 대학 다닐 때 충분히 고민하고 연구해서 남이 찾아 준 답이 아닌 자기가 찾은 답을 가져야 한다고 생각했다.

매우 유감스러운 일이지만, 그동안 교회는 인재를 양성하는 것보다는 양성된 인재를 소비하는 모습을 보여 주었다. 코로나19 재난 상황에서는 불러들인 인재도 대책없이 방출하고 있는 교회들도 있고, 코로나19로 줄어든 교인 수가 회복되지 않아 교회 자체의 규모를 줄이거나 매각하는 현상도 나타나고 있다. 그러다 보니 거창하게 한국 교회를 염려하기보다는 우리 교회를 유지하는 것이 발등의 떨어진 불일 수 있다.

물론 우리 교회도 채무가 많아 매월 납입하는 이자도 만만치 않고, 또 오늘의 이 평안이 내일도 지속될 것이라는 보장이 없다. 그런 상황에서 오늘 우리 교회에 현실적인 도움이 전혀 되지 않는 미래의 인재를 양성하는 장학사업을 한다는 것이 세속적 허세처럼 보일 수도 있다. 그런데 하나님은 성령으로 역사하셔서 우리 부부의 마음에 하나님으로부터 지게 된 구원의 은혜에 대한 마음의 빚, 믿음의 어머니들로부터 지게 된 마음의 빚, 모교로부터 지게 된 마음의 빚을 한국 교회를 위한 미래인재 양성을 위한 장학사업을 하도록 자꾸 부추기셨다.

내가 생각할 때, 신학교 교수들과 현장 목회자들 사이에 좁혀지지 않는 괴리가 있다고 생각한다. 신학교 교수들은 모든 신학생들을 신학박사로 만들고 싶은가 하는 생각이 들 정도로 아카데믹한 신학교를 지향하는 경향이 있는 반면에, 현장의 목회자들과 성도들은 전쟁과 같은 생활 현장에서 주어진 삶을 살아 내느라 지치고 상한 이들을 잘 품어 주고, 잘 돌봐 주고, 잘 인도해 줄 수 있는 역량을 갖춘 교역자를 원한다. 이제 신학교들도 한국 교회 쇠락에 따라 동반 쇠락할 수밖에 없다. 그러나 위에서 말한대로 현장 목회자들의 바람과 신학교 교수들의 바람 사이에 있는 그 간극을 최대한 좁힐 수 있다면, 신학교도 살고 한국 교회도 살 수 있을 것이라고 생각한다.

외람된 말이지만, 나는 대학 다닐 때 내가 하고 싶은 목회 이론이나 모델을 찾을 수 없었다. 게다가 내가 교회의 사회참여 필요성을 언급하였을 때 돌아온 것은 '용공' 혹은 '사회주의자'라는 소리였다. 결국 나 스스로 답을 찾아가는 여정이 필요했는데, 감사하게도 그 여정을 통해 나만의 답을 얻었고, 그것이 오늘의 나와 우리 교회를 있게 한 원동력이었다.

그런데 내가 답을 찾아가는 여정은 모교에서의 신학 공부가 있었기에 가능했다는 것이다. 지금도 나는 내가 총신대학교 신학과 출신인 것이 얼마나 감사한지 모른다. 나는 신학적 토대는 보수신학이고, 목회는 진보적으로 해 오고 있다. 진보적 목회를 하면서도 교회와 목사의 정체성을 지킬 수 있는 원동력은 바로 총신의 보수신학이라는 토대 위에 서 있었기 때문이다.

그런 점에서 사랑의 빚을 많이 진 나와 우리 교회가 하나님을 위해 한국 교회를 위해, 모교를 위해 빚을 갚을 수 있는 길이 무엇인가 생각하던 중에 모교의 후배들이 한국 교회의 미래 인재들로 자랄 수 있도록 연구하게 하는 장학사업을 하는 것이 좋겠다는 생각을 하게 된 것이다. 나는 하나님께서 성령으로 역사하셔서 우리 부부와 성도들에게 그 마음을 주셨고, 역시 하나님은 성령을 통해 우리로 하여금 그 일을 하도록 부추기셨다고 생각한다.

나와 이재서 총장이 우리 교회와 총신대학교를 대표하여
장학사업을 위해 협약서를 주고 받는 모습.

4. 은퇴 준비 사역

공공기관들이나 민간기업들도 종사자들이 은퇴할 시기가 되면, 은퇴를 하고 인생 2막을 열 수 있는 준비를 할 수 있게 하고 은퇴 후에 할 수 있는 일을 배울 수 있도록 교육비도 지원해 준다. 그러나 한국 교회는 목회자들의 은퇴 후를 준비하는 교회가 매우 드물다. 설령 있다고 하더라도 그저 돈으로 해결하려고 한다. 대형 교회는 담임목사가 은퇴할 때 어마어마한 액수의 돈을 제공하는데, 그럼에도 불구하고 은퇴 후에 물질과 기득권 문제로 하나님의 영광을 가리기도 한다.

또 목사가 은퇴할 때까지 목회를 잘해 놓고 은퇴할 때가 되어 돈 문제로 목사와 성도들 간에 추한 다툼이 벌어지면서 그간의 목회의 공로를 다 잃어버리고 하나님의 영광을 가리우는 교회들도 많이 있다. 그런데 소형 교회나 미자립 교회는 은퇴 후의 준비가 전혀 되어 있지 않아 은퇴함과 동시에 사회복지 대상자가 되어 정부와 지자체의 지원으로 근근히 살아가는 목사들이 많이 있다.

나는 목사의 은퇴와 관련해서 발생하는 모든 불미스러운 사건은 하나님의 뜻과 하나님의 바람과는 전혀 상관없는 목사나 성도들의 자업자득이라고 생각한다. 앞에서 언급한 바 있듯이, 우리 센터에 장로와 권사가 치매에 걸려 와도 어느 교회도 심방을 한번 와 주는 교회가 없었는데, 이것이 한국 교회의 비정함과 냉정함을 보여 주는 한 사례라고 했다.

마찬가지로 나는 성도들이 자신들은 직장이나 사업장에서 은퇴를 준비할 기회를 누리면서 자신들이 다니는 교회의 목사가 은퇴할 준비를 할 수 있는 기회를 만들어 주지 않는 것은 곧 자신들의 교회에 해를 입히는 것과 같다고 생각한다. 목사들도 마찬가지이다. 대부분의 은퇴를 앞둔 목사들은 자신이 은퇴 시에 받을 보상을 생각하고 있고, 그 보상의 규모가 자신이 생각하는 것과 성도들이 생각하는 것에 괴리가 발생한다.

그리고 정말 목회자들이 냉정하고도 지혜롭게 은퇴를 준비해야 하는 이유가 또 있다. 나는 가끔 은퇴하면 자녀들이 부양을 잘할 것이라고 말하는 목회자들을 만나는데, 그들에게 농담 반 진담 반의 마음으로 이렇게 말해 준다. 애비가 젊었을 때에도 어린 자식들 뒷바라지를 잘 못해 줬는데, 늙어서도 자식에게 부양 부담을 안겨 주는 것은 부모로서 염치 없는 짓이고, 자녀들에겐 재앙이라고 말해 준다. 내가 그렇게 말을 해 주는 이유는 사람이 늙어 이성의 끈을 놓게 되면 신앙도, 지식도, 교양도 사라지고 본능만 살아 있어 가족들과 주변 사람들을 힘들게 하고, 긴 병에 효자 효녀 없다는 것을 늘 보아 왔기 때문이다.

또 현재 우리는 100세 시대를 살고 있다. 이 말은 70세에 은퇴한다고 하더라도 30년을 부양받으며 살아야 하는데, 교회와 자녀들이 이것을 감당하는 것은 너무 큰 고통이다. 우리가 흔히 은혜를 말하는데, 목사가 은퇴 후에 교회와 자녀들로부터 부양을 잘 받으면 은혜이고, 자신이 그 은혜를 누리기 위해 교회나 자녀가 30년, 40년을 부양의 짐을 지고 사는 것도 은혜라고 할 수 있겠는가? 역으로 목사가 교회와 자녀들에게 부양의 짐을 지우지 않으려고 자신이 누릴 것을 내려놓으면 그것이 목사 자신에겐 고통일지 모르지만 교회와 자녀들에겐 은혜가 되지 않겠는가? 그런 점에서 우리는 서로를 은혜롭게 한다는 것의 의미를 냉정하게 생각해 볼 필요가 있다.

나의 4기 사역 중 마지막 사역은 은퇴 준비 사역이다. 이것은 내가 우리 교회를 은퇴하더라도 할 수 있는 사역이 있고, 교회에서 주는 생활비가 아니더라도 내 노후의 생활을 스스로 해 나갈 수 있는 능력을 갖추는 것이다. 물론 교회의 지원을 받거나 자식들의 부양을 받거나 국가의 저소득층 지원제도의 도움을 받아 사는 것도 하나님의 은혜이다. 그러나 나는 더 큰 은혜는 은퇴 전에 은퇴 후의 삶을 잘 준비해서 은퇴 후에도 교회와 자식들과 국가에 도움이 되는 삶을 사는 것이 더 큰 은혜라고 생각한다.

그런 점에서 지금까지 내가 교회의 경계 안팎과 온오프(on-off)의 경계를 넘나들며 해 온 사역들은 내가 은퇴를 한 이후에도 지속할 수 있는 사역들이기에 현재의 나의 사역이 곧 나의 은퇴를 준비하는 사역이라고도 할 수 있다. 거기에 더하여 우리 부부는 최근부터 함께 걷고 달리다 보니 그게 취미가 되었고, 그렇게 함께 걷고 달리다 보니 신체적 건강성이 많이 향상되었다. 나는 이렇게 신체적 건강성을 향상시키는 것 또한 은퇴 후의 건강한 삶을 사는 준비라고 생각한다.

아마도 한국 교회는 목사의 은퇴 준비 사역이라는 말을 들어 보지 못했을 것이다. 나도 이번에 우리 교회 이야기를 쓰면서 처음 지어낸 말이다. 어쩌면 이 글을 읽는 목사들도 교회의 중직자들 혹은 평신도들 중에서 교회에서 은퇴할 목사와 교회에 남아 있을 성도들을 위해 정말 한국 교회에 필요한 사역이라고 생각할 사람들도 있을 것이고, 반면에 믿음이 부족한 목사 혹은 세속적인 목사라고 비판하고 비난할 사람들도 있을 것이다.

나는 과연 앞으로 한국 교회에 원로목사 제도를 유지할 수 있을까 하는 의문이 들면서 현실적으로 이 제도가 교회의 발목을 잡게 될 것이라는 비관적인 생각을 한다. 성도들이 한평생 교회를 위해 인생을 바친 목사를 냉정하게 외면하는 것도 은혜스럽지 못하고, 교회에 큰 주름이 생기게 하면서까지 은퇴 후의 삶을 보장받으려는 목사도 은혜스럽지 못하다고 생각한다. 이를 위해 한국 교회는 목사가 은퇴를 앞두고 은퇴 준비를 하는 사역이 가능하게 하고 은퇴 후 자립적 삶이 가능하도록 뒷받침을 해 주는 것이 필요하다. 나는 그것이 교회를 살리고 목사와 성도들을 살리는 길이라고 생각한다.

1. 실패이거나 성공이거나 진행형이거나

내가 교회를 개척했을 때 주변에 세 가지 시선이 있었다.

첫째, 신대원 재학 중에 번역서도 출간하고 청소년 설교집도 출간했다. 뿐만 아니라 총신 신대원에서 제1호 노트북 유저로서 동기들을 위해 교수님들의 강의도 자료집으로 만들어 보급하기도 했다. 그렇게 남들보다 조금은 앞서가는 모습을 보였기에 내가 유학을 갈 것이고, 돌아와서는 교수 사역을 할 것이라고 생각하는 동료들도 있었다.

둘째, 우리나라에서 목회를 하게 되면 큰 교회를 맡아 목회하면서 한국 교회에서 이름을 날릴 것이라고 생각하는 동료들도 있었다. 그런 내가 서울 변방에 교회를 개척했다는 소식을 들은 동료나 선후배들은 고개를 갸우뚱했다고 한다. 총신대학 학부 출신의 엘리트에다가 신대원 시절의 앞서가던 모습을 기억하던 사람들이 내가 이름도 빛도 없는 지역으로 가서 초라하게 교회를 개척했다고 하니 고개를 갸우뚱하기도 했다. 그러면서도 나의 개척 마인드와 사역에 대한 이야기를 들으면 십중팔구 고개를 끄덕이면서 역시 김동문답다고 했다.

셋째, 목사가 목회를 하지 않고 딴짓한다고 걱정하는 사람들이 있었고, 조금 규모가 있는 교회에 청빙을 받아 목회하던 어떤 목사는 나보고 대놓고 '그렇게 사역하니까 목회가 안 되는 거지요.'라고 하기도 했다. 즉, 전통적인 신학의 관점과 전통적인 목회적 관점에서 보면, 김동문 목사는 목회를 하지 않고 딴짓하는 목사로 비쳤던 것이다.

넷째, 나는 목회를 하고 있는데 주변의 많은 목사들은 나보고 특수목회를 한다고 한다. 무엇이 일반목회이고 특수목회인가? 나는 대한예수교장로회 총회 합동교단의 중서울노회 경동시찰의 해빌리지 살렘교회 위임목사이다. 소위 일반목회를 한다는 목사들처럼 나도 같은 목회를 하고 거기에 더하여 주중에는 사회적 약자들을 품고 지역사회를 품는 활동을 하는 목사이다. 코로나19 시대가 되니 나의 사역의 중요성은 더 빛이 나고 있다. 규모를 자랑하던 교회들도 코로나19로 인해 거의 셧다운 지경이 되었을 때도 우리 교회는 사역에 변함이 없을 뿐만 아니라 오히려 세상으로 더 많은 자원을 흘려보내고 있다.

아직도 한국 교회 목회자들은 여전히 이원론적 사고에 갇혀 있는 경우가 많은데, 스스로가 이분법적 사고를 하고 있는 것을 깨닫지 못하는 면도 있는 것 같다. 나는 기독교적 세계관이 분명한 목사는 목회를 일반과 특수로 나누는 사고를 하지 않는다고 생각한다. 그리고 교회 안에서, 교회 안의, 교회 사람을 위한 목회를 하는 데서 벗어나 교회 밖으로까지 목회적 외연을 넓혀 사역을 하는 것이 목회의 본 개념에 충실한 것이라고 생각한다.

1) 실패 경험

목회적 사명에 따라 교회가 동네의 불우아동들을 섬기는 것이 하나님 나라 실현의 한 방편으로 알고 열정을 불살랐고, 그 결과로 나라의 법까지 바뀌면서 사명을 감당할 수 있게 되었는데, 교회 내적으로는 갈등이 발생하였다. 그래서 나름대로 교회를 위해 헌신을 하였던 귀한 성도들은 흩어지게 되었다. 아마도 내가 하나님으로부터 사명을 받고 서원하였던 것을 포기하고 성도들의 욕구에 충실하였다면 그 성도들이 교회를 떠나는 것을 막을 수 있었을지도 모른다고 말하고 싶기도 하고 그 성도들이 교회에 남아 있어 지금도 헌신하고 있을까? 하는 물음표를 달고 싶기도 하다.

나는 지금도 그때의 기억이 너무 아프다. 사실 성도 입장에서 성도들이 교회에서 자신들의 영적 유익을 기대하는 것은 당연한 것이다. 만약 그때 내가 지금만큼 목회적으로 성숙하였다면, 보다 은혜롭게 성도들을 설득하여 협력자가 되게 할 수 있었을 것이다. 그러나 나의 목회적 미성숙함으로 인해 귀한 성도들이 집단으로 나가는 일이 발생하여 교회가 생존의 위기에 직면해야 했다.

외람된 말이지만, 나는 우리 교회가 형편이 어려운 이웃들을 위해 사회복지 사역을 하면 지역사회가 감동을 받아 교회가 금세 부흥할 줄 알았다. 실제로 초창기 우리 교회는 공부방 프로그램과 문화 강좌 프로그램으로 연결된 사람들이 자연스럽게 교회를 나오게 되었다. 그러나 교회가 수적으로 증가하기 시작하면서 문제가 발생했다.

첫째는 당시 우리 교회는 미자립 상태였고 정부에서 공부방 운영경비를 지원해 주지 않을 때였기 때문에 우리 부부가 모든 걸 다 감당해야 했었다. 그러다 보니 성도들을 돌아보는 사역을 잘 할 수 없었다. 물론 성도들이 처음 우리 교회에 출석하게 된 동기는 우리 교회가 발행하는 미니 신문을 통해 교회와 목사인 나의 정보를 얻어 이만하면 자신들이 다닐 만한 교회라고 판단하였고, 또 교회가 어려운 상황에서도 지역사회의 아이들과 주민들을 섬기는 프로그램을 진행하는 것을 보고 좋은 교회라고 생각하여 자발적으로 출석하였다.

그러나 교회가 지역사회를 위해 좋은 일을 하는 것은 좋지만 교회로부터 자신들의 영적 욕구를 제대로 채움받지 못한다고 생각하는 데서 오는 불만들이 생기기 시작했다. 대부분의 성도들은 순박하고 온유한 분들이었지만, 개중에는 '개척교회 목사가 성도 귀한 줄 모른다.'라는 식의 생각을 가진 분도 있었고, 남보다 좀 더 헌금을 많이 한다거나 헌신을 좀 더 많이 한다고 생각하는 사람의 경우 교회운영이 자신의 의중대로 되어야 한다는 생각을 가진 사람도 있었다.

그 한 사람이 교회에 미치는 영향이 참으로 컸다. 목회자에 대해 한 번 부정적인 생각을 가지게 된 사람은 설교를 듣더라도 부정적인 판단을 하게 되고, 그렇게 되면 다른 성도들에게도 영향을 미치게 된다. 거기에 더하여 목회자 부부가 본인의 생각대로 따라 주지 않는다는 생각을 하게 되는 일이 발생했다. 교인들 중에서 연장자인 성도가 중재를 하기 위해 모두 모이게 되었는데, 목사인 나에게 요구한 것은 이유불문하고 성도가 마음 상하는 일이 생겼으니 목사가 사과를 해 달라는 것이었다. 그때 사과를 했으면 교인들이 흩어지는 사태를 막을 수 있었을지는 모르겠으나, 나는 불량감자 목사답게 사과를 하지 않고 도리어 교인들을 책망하였다. 그래서 상당수 가정이 마음이 상하여 교회를 떠났다.

결과적으로 나는 성도들의 영적 욕구를 채워 주지 못했다. 그래서 한 명으로 촉발된 갈등이 일종의 나비효과를 일으켜서 교회에 평지풍파가 일어난 것이다. 지금 돌아보면, 나는 거의 교회 붕괴 직전에까지 가게 된 상황에 대하여 당시 교인들을 원망하기보다는 나 자신의 위기관리 능력 부재 탓이라고 생각한다. 아마도 교회를 개척해 본 목사들은 나와 유사한 경험들을 많이 하였을 것이고, 또 개척하는 목사들은 앞으로 하게 될 수도 있을 것이다. 그리고 얼마든지 그 상황을 변명하고 그 원인을 외부로 돌릴 수 있는 합리적 논거들을 동원할 수 있을 것이고, 나 역시도 그러했다.

그러나 곰곰이 생각해 보면, 결국엔 내가 교회 부흥을 꿈꾸는 만큼 나의 영적 그릇이 크지 못했다는 것을 자각하게 되었다. 암튼 그 처절한 상황을 통해 우리 부부나 해당 성도들은 조금 더 성숙해지는 기회가 되었다. 서럽고도 처절한 아픔을 주었던 그 실패 경험 이후 우리 교회도 든든하게 섰고, 그 성도들도 지역사회내 다른 교회를 다니면서 신앙생활을 잘 하고 있다.

2) 성공 경험

단도직입적으로 말해, 현재 우리 교회는 채무가 많이 있어 매월 은행에 내야 하는 대출이자가 재정수입 대비 많은 비중을 차지하고 있다. 그러나 채무에 비해 전체 자산 규모가 훨씬 크고, 또 재정수입이 재정지출보다 많다. 그래서 우리 교회는 '자립하는 교회'를 넘어 '지원하는 교회'이다. 그도 그럴 것이 우리 교회는 교인 수는 얼마되지 않지만 교회를 유지할 뿐만 아니라 지역사회와 선교를 위해 나름대로 헌신하고 있기 때문이다.

위에서 언급하였지만, 나는 교회가 붕괴될 위기와 실패 경험을 했었다. 기본적으로 목사는 목회를 열심히 해서 교인 수가 증가하고, 그래서 교회 재정도 넉넉해져서 교회도 건축하고, 문화센터나 수양관도 건축하고 성도들을 위한 묘지공원도 마련하고, 선교 후원도 많이 하는 그런 교회를 꿈꾼다. 그리고 알게 모르게 우리는 천박한 자본주의에 물든 번영신학에 영향을 받아 질보다는 양을 추구하게 되고 다다

익선을 추구하고 제국주의적인 모습을 추구하고, 그런 것을 성공이라 여기는 경향이 있다. 포스트 코로나 시대는 그런 왜곡된 개념의 성공이 얼마나 부질없는 것인지를 깨닫게 해 주고 있다.

내가 신학교에 다닐 때, 토마스 쿤(Thomas S. Kuhn)의 패러다임 쉬프트(pradigmn shift) 즉, 발상 전환이라는 말이 신학생들과 젊은 목회자들 사이에 많이 언급되었다. 그러나 정작 발상 전환이 필요할 때 행동은 여전히 전통적 사고의 지배를 받는 모습을 보여 주었다. 그런데 나는 1997년 3월에 교회 개척을 하면서 패러다임 쉬프트를 실행에 옮겼다. 그 예로, 개척자금 천만 원 중 500여 만 원은 강대상과 장의자와 헌금함 등 소위 성물이라고 하는 것들을 중고로 사고 교회 간판을 달았다. 나머지 500만 원으로 당시 대형 교회들도 사용하지 않던 빔프로젝터를 구입했다. 예배에 영상을 적극적으로 활용하고 전도 및 기타 사역을 보다 효과적으로 하기 위해서였다.

서럽고 비참한 미자립 개척교회에서 세월이 흘러 자립 교회가 되었고, 자립을 넘어 지원하는 교회가 되었다. 개척교회의 자립 성공률이 매우 미미한 현실에 비추어 보면, 우리 교회는 성공한 교회라고 할 수 있지 않을까 싶다. 더구나 코로나19로 인해 많은 교회들이 재정적 어려움을 겪으면서 교역자도 내보내고 선교비와 구제비도 줄이고 있다는 소리들이 들린다. 그런데 우리 교회는 코로나19 상황에서도 재정이 전년도보다 증가하였고, 선교비 지출도 늘었다. 게다가 올해는 국내 후원과 해외 선교 후원비를 더 증액하였고, 예정에 없던 모교 후배들을 위한 장학사업도 하게 되었다.

어제는 세상과 교계에서 교세를 떨치는 교회였으나 지금은 사라져 버린 교회들이 있는 가운데 산 밑의 작은 교회인 우리 교회는 강소교회로서 여전히 거기에 서 있어 지역사회에 복음의 빛을 비추고 있고, 그 빛을 우리나라를 넘고 아시아를 넘어 아프리카에까지 비추는 교회가 되는 성공 경험, 현실을 살아 내기 급급한 시대에 미래의 한국 교회 발전을 위한 장학사업을 하는 성공 경험을 할 수 있어서 너무나 감사하다. 우리는 이런 경험을 하면서 광야에 길을 내시는 하나님과 사막에 강을 내시는 하나님을 경험할 수 있었다. 그 경험은 우리 교회로 하여금 코로나19라는 위중한 상황 가운데서도 사역의 지경을 더 넓히는 도전을 하는 힘이 되어 주고 용기를 가지게 해 주었다.

3) 진행형
예수님을 믿는 우리는 이미 구원을 받았지만, 성화(聖化)의 여정 속에 살아가듯이 우리 교회 역시 머리 되신 예수 그리스도의 은혜와 도우심과 인도하심을 따라 현재진행형으로 그리스도의 몸으로 자라 가고 있다.

우리가 성경 전체를 보면, 하나님은 매 시대마다 그 시대에 맞는 은혜를 베푸셨으며, 그 시대의 필요를 채우셨음을 알 수 있다. 나는 교회도 시대가 무엇을 요구하고 무엇을 필요로 하는 것인지 알고 그에 대한 성경적인 답을 가지고 실천에 옮길 수 있어야 한다고 생각한다. 그런데 교회는 교조화되어 갈수록 고착화되고, 정형화되고, 절대화되어 가는 경향이 있다. 그런 가운데 코로나19 재난에 직면한 한국 교회는 너무나도 무기력한 모습을 보여 주고 있다. 반면에 우리 교회는 오히려 더 사역의 지경이 넓어지고 있다.

해빌리지 살렘교회는 지난 25년간 에베소서 4장 11-16절 말씀을 토대로 늘 살아 있어 성장과 성숙과 확장이 이루어지는 그리스도의 몸인 교회가 되기 위해 발버둥을 치면서 시대의 요구와 필요에 부응하였고, 시대의 변화를 미리 예측하고 미래의 사역을 대비하고 실천으로 옮겼고, 나름대로 의미 있는 열매들을 맺었다. 또 앞으로 우리 교회는 어떤 사역을 하게 될지 모른다. 내일엔 내일의 요구와 필요가 있을 것이고, 우리 교회는 늘 그래왔듯이 내일 시대가 원하는 것에 대해 성경적인 답을 찾고자 노력하고, 답만 가지고 있는 교회가 아니라 행동하는 교회가 되려고 노력할 것이다. 그런 점에서 우리 해빌리지 살렘교회는 현재진행형의 교회라고 할 수 있다.

2. 교회 모델 VS 시니어 모델

외람된 말이지만, 많은 목회자들은 대형 교회를 모델로 삼는 경향이 있다. 그러다 보면 자기도 감당이 안 되고 성도들도 감당이 안 되는 목회를 하게 되고, 그렇게 흉내를 내다가 지치는 경우가 많다. 나는 앞에서 교회 성장 세미나 혹은 무슨 무슨 훈련 세미나와 같은 집회는 거의 참석하지 않았다고 했다. 그 이유는 내가 교만해서라기보다는 내가 꿈꾸는 교회 모델과는 방향과 방법이 맞지 않았고, 교회가 위치한 지역사회 실정과도 맞지 않았기 때문이다. 결국 나는 교회 모델을 스스로 만들어 갈 수밖에 없었다.

우리 교회는 건축물 용도가 종교집회시설, 노유자시설, 근린생활시설로 되어 있는데, 모든 공간은 용도에 맞게 활용되고 있다. 그리고 교회 본연의 예배 활동과 복음을 사회화시키고 문화화시킨 사회복지 활동, 문화예술 활동을 하고 있다. 담임목사인 나는 목사와 사회복지사와 음악치료사라는 3색 전문가이다. 그리고 우리 교회가 25년 동안 해 온 다양한 사역들, 즉 교회와 목사와 사역을 살펴보면, 한국 교회에 없는 새로운 유형의 목회라고 할 수 있다. 그런 점에서 우리 교회는 어느 교회를 모방한 것이 아니라, 우리 교회는 우리 교회만의 스토리를 가진 하나의 모델 교회라고 할 수 있다.

또한 중대형 교회와 달리 소형 교회는 목사 중심이 될 수밖에 없다. 그래서 작은 교회 이야기는 곧 그 교회 목사 이야기가 될 수밖에 없다. 이 책을 읽은 분들은 해빌리지 살렘교회 스토리는 곧 김동문 목사 스토리라고 느낄 것이다. 그럴 수밖에 없다. 나는 목회를 하면서 하나님께서 내게 주신 달란트를 십분 발휘하고 있다. 성도들이 나를 지지해 주고 지원해 주고 협력해 주기 때문이다.

만약 우리 교회가 어설프게 성도 수가 많았다면, 우리 교회는 많은 교회들 중 또 하나의 교회가 될지언정 오늘의 해빌리지 스토리를 간직한 살렘교회 스토리는 쓰여지지 못했을 것이라고 생각한다. 성도 수는 얼마되지 않지만, 성도들이 목사인 내가 받은 사명을, 받은 달란트를 가지고 열심히 감당할 수 있도록 지지해 주고, 지원해 주고, 협력해 주었기 때문에 나는 마음껏 해빌리지 스토리를 써내려 갈 수 있었던 것이다.

이제 나는 또 하나의 새로운 길을 열었다. 바로 시니어 모델이라는 길이다. 이 길 역시 호불호가 갈리는 길일 수 있다는 것을 잘 안다. 그러나 나는 그 길을 걸으면서 세상 사람들에게 목사의 이름으로 혹은 성도의 이름으로 하나님의 백성들이 얼마나 건강하고 행복하게 살 수 있는지를 시위하는 마음으로 런웨이를 걸었다. 실제로 내가 시니어 모델계에 입문을 하고 나니 교계 사람들뿐만 아니라 세상 사람들도 부러워하고 따라하고 싶어하는 사람들이 많이 생겼다.

목사는 가장 행복할 때가 바로 자신이 하고 싶은 목회를 할 때이다. 많은 사람들이 지금은 더 이상 교회가 필요로 하지 않는다, 지금은 더 이상 교회를 개척할 곳이 없다는 말을 하지만, 나는 그렇게 생각하지 않는다. 자신이 하나님으로부터 받은 사명이 있고 그에 따르는 달란트를 가지고 있다면, 세상 모든 곳이 내 마음의 교회를 세울 수 있는 곳이다. 어느 유명 교회를 모방하는 '또 하나의 교회'가 아니라, 수많은 교회들 중에서도 모델이 되는 '바로 그 교회'가 되고 수많은 목사들 중에서 모델이 되는 바로 그 목사가 될 수 있을 것이다.

심리치료에서는 자존감과 자기효능감을 중요하게 생각한다. 그런데 많은 사람들이 누가 자신의 자존감과 자기효능감을 높여 주기를 바란다. 그러나 그런 마음을 가지고 있는 한 결코 자신의 자존감과 자기효능감이 증진되지 않는다. 주님을 믿는 믿음에서 나오는 힘으로 자신만의 가치와 역량을 높이려고 발버둥칠 때, 바로 자신이 자신의 모델이 될 수 있으며, 어느 누구 앞에서라도 당당해질 수 있는 것이다. 바로 목사 자신이 자신의 모델이요, 내가 목회하는 교회가 바로 모델이 되는 교회는 목사 자신에게 있다.

맺음말

우리나라에는 정말 우리 교회와는 비교할 수 없을 정도로 훌륭하고 좋은 교회들과 훌륭하고 좋은 목회자들이 있다. 분명 하나님은 그런 교회들과 그런 목사들을 사용하셔서 교회의 영광을 되찾으실 것을 믿는다. 그런데 우리 해빌리지 살렘교회 이야기 속에도 중대형 교회들이 도입해도 좋을 사역들도 있고, 중소형 교회나 교회 개척을 희망하는 목회자들이나 목사후보생들에게 교회와 목회에 대한 통찰과 안목을 주는 사역들도 있을 것이라고 생각한다.

그런 점에서 해빌리지 살렘교회 이야기가 교파 교단을 떠나 한국 교회와 목회자들과 신학생들에게 조금이라도 도움이 되었으면 하는 간절한 마음을 가지고 있다. 그리고 나는 앞으로 기회가 주어지는 대로 한국 교회와 목회자들을 위해 우리 교회의 비전과 사역을 나누고, 필요로 하는 목회자들에게 시대가 요구하는 목회적 역량을 강화시켜 주는 사역을 하려고 한다.

마지막으로 우리 해빌리지 살렘교회와 나를 읽을 수 있는 키워드는 '방향성'과 '일관성'과 '지속성'이다. 우리 해빌리지 살렘교회는 항상 머리 되신 예수 그리스도를 믿는 믿음 안에서 그리스도의 몸으로 자라 가기를 소망하는 방향성을 가지고 있었다. 그리고 믿음으로 역사하고, 사랑으로 수고하고, 소망으로 인내하는데 있어서 일관성과 지속성을 가지고 있었다. 그것이 지난 25년의 세월을 이겨 내고 미자립에서 자립 교회로, 자립 교회에서 지원하는 교회로 우뚝 서게 된 비결이다. 앞으로도 우리 교회와 나는 지난 25년의 세월 동안 가지고 왔던 방향성과 일관성과 지속성을 목숨같이 지키고 가져가려 한다.

그런데 여전히 나에게는 큰 교회와 우리 교회, 그리고 큰 교회 목사와 작은 교회 목사인 나를 비교시키면서 작아지는 자신을 발견하고, 무슨 자랑거리라고 책을 쓰는가 하는 힐난성 책망을 하게 되는 자신을 발견하게 된다. 난 안다. 작은 교회 목사로서 이 열등감은 죽을 때까지 가지고 살게 될 것이라는 것을. 그러나 나는 열등감에서 나오는 에너지를 나를 성장시키고 발전시키는 동력으로 삼았기 때문에 개척 후 25년의 세월을 이겨 낼 수 있었다. 앞으로도 그럴 것이다.

하나님, 감사합니다!
예수님, 사랑합니다!
성령님, 우리 교회와 나를 인도하여 주소서!

오직 성경(Sola Scriptura)
오직 그리스도(Solus Christus)
오직 은혜(Sola Gratia)
오직 믿음(Sola Fide)
오직 하나님께만 영광(Soli Deo Gloria)!